xf 9/8

Des hommes qui s'éloignent

Du même auteur

Personnages de la rue du Couteau, *Julliard, 1984*
Tott, *Julliard, 1985*
Benoît ou les Contemporains obscurs, *Julliard, 1986*
Les Clandestins, *Éd. de Fallois, 1990, prix Jean-Freustié*
Les Nuits Racine, *Éd. de Fallois, 1992, prix Roger-Nimier*
Jorge Luis Borges, *essai, François Bourin, 1993*
Mémoires de Monte-Cristo, *Éd. de Fallois, 1994*
Tous les secrets de l'avenir, *Fayard, 1996*
Aragon 1897-1982, *« Quel est celui qu'on prend pour moi ? », 1997*

François Taillandier

Des hommes qui s'éloignent

roman

Fayard

À Léo Waclawek.

Quanto a me
Ho lasciato il mio posto
di soldato non assoldato, di non voluto
volontario [...].
Ogni uomo ha un'epoca sola
nella vita, e si scrosta con i suoi problemi[1]

PASOLINI.

1. « Quant à moi, j'ai abandonné mon poste de soldat non soldé, de volontaire non appelé [...]. Un homme n'a qu'un temps dans la vie, et se défait avec ses problèmes » (*Poésie en forme de rose*, 1964).

PREMIÈRE PARTIE

Faits et gestes inaperçus dans le quartier Saint-Lazare

I

Que se passe-t-il ? Que se passe-t-il vraiment ?

Depuis quelque temps la question revenait, légère mais insistante, dans l'esprit de Manuel. Chez des amis devant la table basse de l'apéritif, en regagnant Paris à la fin d'un week-end, dans le moutonnement patient des voitures au péage de Saint-Arnoult, un jour de semaine, à midi, parmi l'animation du Bistro romain de Saint-Lazare, tout, à l'entour de lui, perdait soudain sa familiarité. Non que se détendissent les liens de l'habitude ou de l'affection : ce monde était toujours le sien. Mais c'était une raison de plus pour s'interroger. Qui sommes-nous ? Que sommes-nous vraiment en train de faire ? De quoi cette ville, ces années ou ces jours sont-ils le théâtre ? Que faut-il penser de ce qui nous fait parler, ou rire, ou nous alarmer, les nouvelles de la radio, nos préoccupations saisonnières ou sempiternelles ?

Les gens vivaient comme si tout allait de soi. Ils paraissaient se trouver tout naturels. Pourtant, on pouvait en être sûr, depuis que le monde existait, personne encore n'avait été comme eux. Qui pouvait dire ce qu'ils seraient demain ?

Au rebours d'une opinion répandue, il semblait à Manuel que l'immense majorité des individus s'adaptait avec une docilité parfaite à tout ce qui changeait autour d'eux. Il ne s'agissait même pas de docilité : ils changeaient eux-mêmes, voilà tout, et ne s'en apercevaient pas. Si par exemple on eût pu comparer le temps de son enfance avec le temps présent de sa vie d'adulte, les différences n'eussent-elles pas été bien plus vertigineuses qu'on ne le croyait ?

Pour savoir qui l'on est, il faudrait se mettre à distance, prendre un point hors du cercle. Pour s'apercevoir qu'on rêve, il faudrait s'éveiller, le problème étant justement que l'on dort, etc.

Différentes et mal conciliables, les versions qu'ils avaient pu donner, elle et lui, de leurs désaccords, lui avaient mis la puce à l'oreille. On en concluait d'ordinaire qu'il y avait de part et d'autre du vrai et du faux, des griefs légitimes et d'inévitables exagérations. « Et si la réalité n'avait rien à voir avec le récit de l'un et de l'autre ? des uns et des autres ? Si nous n'avions fait depuis le début qu'interpréter une pièce déjà écrite, et que nous n'avons pas lue ? »

Ces questions avaient ceci de singulier qu'elles s'appliquaient aussi bien et dans le même temps aux affaires intimes que publiques : aussi bien à la séparation d'un homme et d'une femme qu'à la vie collective, aux phénomènes sociaux. Il soupçonnait que vu de loin, ou à un siècle de distance, ce monde qu'il reconnaissait comme le sien paraîtrait sans doute très insolite. Il aurait fallu tout voir, se voir, avec l'œil d'un ethnologue.

Ce mot, en lui traversant l'esprit, l'aiguilla sur une autre piste : le seul attrait de ces réflexions était peut-être de le relier à sa jeunesse, au temps et à la saveur des études de philo, des conversations naïves sur la vie encore à écrire, des filles lorgnées à la bibliothèque, au travers des rayonnages... Mettre le présent à distance, n'était-ce pas renouer avec le sentiment des possibles, de la multiplicité des possibles — le tenter, en tout cas ? On ne réalise qu'une vie ; c'est bien insuffisant ; et la sienne en ce moment, plus que d'autres.

Quelques semaines plus tôt, il était venu s'installer dans un studio de la rue des Abbesses. Le soir, en quittant le commissariat de Saint-Lazare, il lui arrivait souvent de remonter à pied jusque-là, par Clichy. La promenade était longue. Il ne se pressait pas. Rien ni personne ne l'attendait. Non sans surprise, il découvrait le soulagement qui suit une séparation, et le seul avantage indubitable qui s'y trouve : le loisir de faire ce qu'il voulait, de n'être plus en train de jouer la pièce. Il aimait s'attarder, durant ce trajet du soir, à l'endroit où la rue Caulaincourt franchit, sur un pont métallique analogue à ceux des chemins de fer, une portion du cimetière de Montmartre. Là-dessus, le fracas des voitures qui poussaient la troisième dans la pente large et dégagée; au-dessous, les tombes, serrées comme de vieux meubles au rebut dans un dépôt-vente. Il demeurait là, la tête frappée de bruit et de vent, comme sur un pont de bateau.

Il y eut un soir où de larges nuages blancs traversaient le ciel, si vite que ce film accéléré lui donna le vertige et qu'il se tint à la rambarde, comme si le monde allait basculer et montrer son envers.

L'exiguïté du studio le rassurait. Il s'y sentait à l'abri. Par la baie vitrée, il voyait la cour, transformée en aire de stationnement pour les locataires, avec des bandes peintes au sol et de petites barrières métalliques amovibles. En face, s'élevait l'arrière décrépi d'un immeuble de la rue Véron, et, dans la trouée que laissait à côté de cet immeuble une maison plus basse, apparaissait, peinte sur une devanture de cette même rue, une inscription dont il ne pouvait voir que les lettres finales : *...illages.* Grillages ? Appareillages ? Verrouillages ? Ou alors villages ? Ses yeux tombaient toujours là-dessus, il se promettait de faire le détour par la rue Véron pour voir le reste, et n'y pensait jamais quand c'eût été le moment.

Que se passe-t-il ? Préoccupation de police. Il pouvait transposer les mêmes réflexions dans ce métier qu'il exerçait depuis douze ans : « Je ne vois que la portion de réel qui défile sous mes yeux. Et même, je ne vois que mes représentations, l'idée que je m'en fais. » Il manquait toujours, comme dans les journaux, le début de l'histoire et ses enjeux; si l'on n'a pas suivi de près le déclenchement de la guerre, on est sûr de n'y plus rien comprendre, pendant des années. La police ne se débattait pas avec des problèmes du réel, mais avec des problèmes de récit.

Toujours grâce aux loisirs que lui laissait sa nouvelle « situation de famille », il ouvrit un dictionnaire.

« Récit : relation orale ou écrite de faits vrais ou imaginaires... »

II

Le quartier Saint-Lazare est au nombre de ceux où la ville se consacre à l'affirmation quasi exclusive de ses fonctions d'échange et de mouvement. Kiosques, bureaux, métro, taxis, restaurants et cafés : il serait vain de rechercher, entre la cour de Rome et la place Estienne-d'Orves, une autre intimité que celle, très provisoire, des hôtels. Or une chambre d'hôtel expulse autant qu'elle accueille. Une fois qu'on y a fait ce qu'on avait à y faire, on n'a guère d'autre solution que de s'en aller.

Le principal mouvement s'effectue du nord au sud, par les déversoirs que constituent les rues Caumartin et du Havre, en direction des grands magasins et de l'Opéra; le soir venu, en sens inverse, la gare réaspire tout ce qu'elle a lâché, maintenant chargé de poussière, de fatigue et d'événements. De part et d'autre du bâtiment se fait une accalmie relative; il faut parcourir ces longs couloirs déserts que sont les rues d'Amsterdam ou de Clichy pour retrouver, sur la place du même nom, le tapage et la couleur ; ou se résoudre au silence « bourgeoisement occupé », comme disaient les baux de jadis, du quartier de l'Europe et des Batignolles.

Les secteurs ferroviaires exigent le commerce, la livraison, le service, la police. Le « tertiaire » est à la fois leur moyen et leur but, leur être même. On est là pour quelque chose et on ne reste pas. Y fixer la pensée est une activité insolite ; prétendre y demeurer immobile autrement que pour attendre quelqu'un relève du paradoxe, voire du masochisme. Car on y est mal. Tout y est brutal et bruyant.

Les folies aristocratiques du XVIIIe siècle, le célèbre Tivoli du temps du Directoire, l'architecte Ledoux, qui édifia là une maison, depuis longtemps démolie, pour la danseuse Guimard, sont quelques-uns des fantômes environnants. Il se pourrait qu'il y en ait d'autres. L'auteur de ce récit croit bien se souvenir (mais peut-être est-ce un rêve ? ou bien cela se trouvait-il dans un autre quartier ?) d'une espèce de passage, on quittait la rue Saint-Lazare, on s'avançait sous un porche, et c'était comme changer de ville, de pays. C'était encore une rue, mais cela ressemblait à une cour d'immeuble, et là, en bas des façades sales, au crépi écaillé en quadrilatères approximatifs, aux fenêtres disjointes, obturées de bouts de carton, il y avait cette espèce de bousbir, cette foire d'esclaves, des femmes partout, et puis des hommes hésitants, un peu péteux, pas fiers, qui venaient là, résignés, parce qu'à la fin il fallait bien y venir ; et d'autres hommes, postés en divers points, sûrs d'eux, ceux-là, l'œil en alerte, surveillant le trafic, leurs poules, la concurrence.

C'était vraiment sans joie, sinistre, personne n'avait l'air de s'amuser. Même de façon truquée, fallacieuse, la Reeperbahn ou la rue Saint-Denis offrent quelque chose de plus carnavalesque et de plus festif. L'endroit dont nous parlons était tout simplement triste, lourd, plombé. L'abattage, l'abattoir, les abats étaient les mots qui venaient à l'esprit. Une misère de jus grisâtre et d'escaliers malodorants. Les hommes achetaient le droit de tirer, vite fait, et c'était tout, ils s'en allaient ensuite, fermés, furtifs, gros de soupirs et d'ennui comme devant.

Il est bien vrai que cela pourrait être pris pour un rêve, cela en avait la silencieuse étrangeté, l'ambiance oppressante et tenace comme une odeur. Pourtant je l'ai bien vu ? Et c'était bien par là ? À moins que la mémoire n'exagère ? Le fait est que je suis retourné, quinze ans plus tard peut-être, rechercher cet endroit, et que je n'en ai rien retrouvé. J'ai revu, ou j'ai cru revoir, l'espèce de place ou de cour intérieure, un endroit du moins dont j'ai pu me dire : ce devait être là. Mais les immeubles ont été restaurés, nettoyés, on y entre par des portes vitrées PVC ou alu avec digicode ; le sol est revêtu de belles dalles carrées, quelques maigres arbres poussent dans leur corset de fer, alternant avec des lampadaires à l'ancienne, en fonte ; des lampadaires à noceurs, sans noceurs.

Alors mille questions surgissent. Que sont devenues toutes ces femmes, et leurs proxénètes ? Qui a-t-on dû exproprier ? À qui appartenaient les taudis, les immeubles où elles montaient vidanger les hommes tristes ? Sont-elles parties d'un coup, du jour au lendemain, à la suite d'une opération de police ? Ou peu à peu, découragées ? Comment se passe une mue de cette sorte ? Quelles décisions, quels rouages sont-ils sollicités ? Quand cela se passe-t-il ? Il faut bien un moment où a lieu le nettoyage, que cela dure un après-midi ou six mois ? Où sont-elles allées, ces rudes ouvrières, ces pompeuses solides, parvenues au degré ultime de toute lucidité ? Qu'est-il advenu d'elles, je veux dire une par une, Sonia, Gisèle, Gertrude, Aziza ?

Ainsi les villes et le temps abritent-ils des événements anéantis, recouverts, invisibles, sans mémoire. Ainsi la vie passe-t-elle sous nos yeux et, Manuel a raison, nous ne la voyons pas. Du moins chacun n'en voit-il qu'une part : car pour lui, cette histoire-là est un classique, une page fameuse de la chronique policière locale. Il y a bien toujours, partout, quelqu'un qui se souvient de ce que tout le monde a oublié...

Mais le quartier Saint-Lazare a toute la violence d'un perpétuel présent.

Quoi qu'il en soit, ce fut non loin de là, au bar de l'hôtel Concorde, que Manuel fit part à Xeni de ses réflexions sur les contemporains, l'ethnologie, le récit.

III

Durant les quelques mois que l'affaire avait occupés, Xeni s'était montré d'une grande prudence dans ses commentaires sur l'histoire d'amour qui se terminait pour son ami. Sur les contemporains, en revanche — qui sommes-nous vraiment ? À quoi sommes-nous occupés ? — son diagnostic allait comme toujours beaucoup plus loin, et beaucoup plus vite :

— Des cervelles de poules. Ils ne veulent rien voir et rien savoir. Sucer de la télé ! C'est le pouce, mais pas dans la bouche : dans la cervelle.

Il faisait le geste. Manuel voyait bien (il voyait de plus en plus nettement, ces dernières années) où résidait la différence entre Xeni et lui : c'était le « nous » de Manuel (que faisons-nous ? qui sommes-nous ?) et le « ils » de Xeni. Malgré les moments de subite distance que l'on a évoqués, la réaction de se compter à part, de ne pas se ranger parmi ses semblables tels que les modelaient autour de lui les conditions de l'existence, était étrangère au tempérament de Manuel ; à Xeni, en revanche, cette première personne du pluriel eût, il n'y a pas d'autre expression, écorché la gueule. Dans le premier Hottentot venu, il était prêt à saluer son frère humain ; mais tout sentiment de solidarité ou simplement de similarité vis-à-vis de... de qui ? des Français ? des habitants de Paris ? disons vis-à-vis de l'Européen urbain de la fin du XXe siècle, paraissait à Xeni à la fois imbécile et condamnatoire. Autant il jugeait concevable — si ce n'était pas mythique — ce qu'il avait pu lire ou entendre sur la « solidarité ouvrière » de jadis, autant, aujourd'hui et dans son monde, cela lui eût paru équivaloir à un lent suicide moral.

Il fallait tout trahir de ces gens, à commencer par leur langage. Tout ce qu'ils pensaient ne pouvait qu'être faux et creux, leur expérience du monde truquée, etc. L'humanité s'abâtardissait là ; on y tombait, c'était une dégringolade, de n'importe où qu'on vînt : monde ouvrier, paysan, bourgeois, aristo, vieux Paris ou vieille province, personnes ou populations déplacées.

Xeni éprouvait un sentiment exacerbé, douloureux, de la chute.

— Ils ne savent plus rien, ne veulent plus rien savoir, rien penser. Tu regardes les infos deux soirs, les affiches de pub, et tu sais ce qu'ils ont dans la tête. Rien de plus.

Une fois tous les dix ou quinze jours, ils buvaient un verre en fin d'après-midi au bar du Concorde, avant d'aller dîner ensemble dans les alentours. Jean de Malars, le troisième larron, qui enseignait l'histoire à Paris-IV, les rejoignait et pouvait ensuite reprendre son métro jusqu'à la station Malesherbes. Ces rendez-vous étaient devenus au fil du temps un rituel, nettement séparé du reste de leur vie, dont ils ne se racontaient pour ainsi dire jamais les événements ordinaires. Ils ne se voyaient que très peu hors de là, sauf Manuel et Xeni depuis que le premier était redevenu célibataire.

Jean de Malars, comme Xeni, inclinait à porter un regard sceptique, pour ne pas dire plus, sur les mœurs, les idées et la vie modernes, les préoccupations et les manières de voir entretenues par les journaux, le propos courant. La conversation, entre eux, tournait vite au dénigrement systématique de tout ce qui était, à un moment ou à un autre, admis par la majorité. Manuel s'étonnait de cette propension, avouée chez Xeni, revendiquée même, plus hésitante (et par là, peut-être, plus vaniteuse) chez Malars, lequel cherchait, avec une scrupuleuse bienveillance, les preuves qu'ils se trompaient l'un et l'autre. Xeni s'en amusait :

— Tu es un homme profondément courtois.

— Non, en réalité je pense comme toi, et peut-être même pire, grommelait Malars dans sa pipe; mais je ne le dis pas. Venant de moi, ce serait mal interprété.

Vers minuit, Jean de Malars retournait au métro. Manuel remontait vers Clichy, en métro aussi, à cette heure. Ils se serraient la main après les portillons automatiques.

Xeni, laissant derrière lui les lumières et l'animation de la cour de Rome, descendait en direction de la Madeleine, le plus souvent à pied, par la silencieuse rue de l'Arcade.

Il s'éloignait, d'une démarche souple, sans hâte, sûre d'elle, tranquille en même temps qu'aux aguets; une démarche évitant la raideur autant que le laisser-aller, la démarche de quelqu'un qui a pratiqué les arts corporels orientaux. Il avait eu avec Manuel de longues conversations sur le comportement des gardes du corps, empreint à la fois de mobilité et d'équilibre, voué à l'« attention flottante », cette disponibilité de l'esprit et des sens à toute information.

La plus anodine ou incongrue peut se révéler la plus décisive.

IV

1. Ext./Jour. Un cimetière.
Un jeune couple moderne et propret, 35 ans, est devant une tombe. Voix joyeuses d'enfants, hors-champ.
Lui (travaillant à desceller la dalle avec un burin et une masse) : C'est vraiment trop bête de n'avoir pas pensé à récupérer ces bijoux.
Enfin la dalle s'ouvre. Ils passent la tête.
Elle (se retirant avec dégoût) : Nom de Dieu, que ça pue ! Qu'est-ce qu'ils avaient bouffé ?
Elle se détourne pour vomir.

2. Séquence d'images scientifiques sur ordinateur, illustrant le propos.
Voix off (menaçante) : Jour après jour, la vermine attaque votre cadavre ! Excréments et déchets alimentaires fournissent le terrain de sa prolifération. La corruption des tissus s'accélère. Résultat : LES MAUVAISES ODEURS !

3. Ext./Jour. Le cimetière. LUI, protecteur mais bouleversé aussi, tâche de réconforter ELLE qui sanglote.

4. Apparition du produit : un bidon en plastique moulé, analogue à ceux des produits d'entretien.
VOIX OFF (cette fois positive et engageante) : C'est pourquoi nos laboratoires ont mis au point SANICERCUEIL. SANICERCUEIL, c'est la technologie chimique la plus avancée au service de votre cadavre. SANICERCUEIL est un traitement simple qui contrecarre le développement de la vermine et stoppe les effets secondaires du pourrissement. SANICERCUEIL : la garantie scientifique d'une décomposition sans horreur !

5. Ext./Jour. Le cimetière. Plan sur les deux petits enfants blonds qu'on entendait au début et qui rient en courant sur les tombes.
VOIX OFF (de nouveau menaçante) : Si vous ne le faites pas pour vous, faites-le pour eux. SANICERCUEIL : pensez-y. Maintenant.

Des photocopies de ce *story board* furent déposées par Jérôme, en guise de vœux pour le Nouvel an, sur chacun des bureaux de l'agence.

La chose fut diversement appréciée.

Noëlle, qui avait perdu sa belle-mère fin novembre, trouva cela de très mauvais goût.

D'autres, sans se choquer, jugèrent tout de même que Jérôme en faisait un peu trop dans le genre adolescent.

Son chef de département (numéro deux après Mortier, le directeur de l'agence) l'appela au téléphone :

— Ne prends pas mal ce que je vais te dire. Je crois que tu vas quitter l'agence bientôt et peut-être même ce métier. Je ne suis pas en train de t'annoncer que tu es viré. Je te parle d'homme à homme. Je crois que ton boulot te dégoûte.

— Bien vu.

— Que voudrais-tu faire ?

— Peut-être correcteur dans un journal. Si tant est que ça existe encore.

— Ah ? Et pourquoi ?

— La grammaire; la langue française.

— Je ne te connaissais pas cette passion.

— Une ligne de défense comme une autre.

C'était la deuxième fois que Jérôme s'étonnait lui-même d'exprimer cette idée.

À l'autre bout du bureau paysager, à contre-jour, Mortier, le directeur, homme entre deux âges, assez vieille école, rôdait, le document à la main, autour de Gina. Elle était la seule à s'être abstenue de commentaires.

— Notre ami Jérôme n'est pas sur la bonne voie, prononça-t-il, indulgent et bonasse.

Gina leva sur lui des yeux pensifs.

— Et c'est quoi, la bonne voie ?

— Chercher ce qui unit, et non pas ce qui divise.

— Ah...

— Croyez-moi.

Il s'éloigna en secouant la tête, avec l'air d'un homme qui partage sa propre opinion. Gina le suivit du regard. Drôlement savant, Mortier. Elle se fichait un peu de ce qu'il devait dire, elle n'aimait d'ailleurs guère sa façon de tourner autour d'elle. Et puis, elle savait ce qu'elle devait penser de Jérôme. Il valait mieux que ces blagues de gamin dont il était coutumier. Elle ne détestait pas sa dégaine nonchalante, son débraillé : blue-jean, chemise ouverte et vieille veste déformée depuis le Jour de l'An jusqu'à la Saint-Sylvestre, les cheveux trop longs. Il y a des gens qui portent les cheveux longs, c'est un choix; d'autres portent les cheveux trop longs, cela veut seulement dire qu'ils négligent d'aller chez le coiffeur. Jérôme était de ces derniers.

Il lui faisait ses confidences. Gina était quelqu'un qui attirait les confidences, de façon générale. La première fois qu'il lui avait parlé de la grammaire française (dans le restaurant poissonnier de la rue Godot-de-Mauroy, où ils étaient allés tous deux sans se concerter, comme pour ne pas rencontrer les autres), elle avait été perplexe.

— J'en ai marre de l'agence, de la pub, de tout ce monde-là.

— Pourquoi ?

Il avait cherché un instant sa réponse :

— Cela manque de fatigue.

— De fatigue ?

— Ouais. Ils ne sont jamais fatigués. Moi, j'aime la fatigue.

Elle le trouvait amusant. Et en même temps un peu ennuyeux. Il n'aurait pas détesté avoir ce qu'on appelle une aventure avec elle. Il le lui avait laissé entendre assez clairement et s'en était tenu là.

La fatigue, sans doute.

C'est pourquoi il l'agaçait un peu.

Et c'était à propos de Jérôme qu'elle avait eu l'occasion de faire plus ample connaissance avec Xeni. Xeni s'occupait de conseil en marketing et communication pour le compte de diverses sociétés, jouant le rôle d'intermédiaire avec l'agence, si bien qu'il était là de temps en temps, assez souvent même. Un jour qu'il l'attendait, elle le trouva en train de lire une autre œuvre de Jérôme. Elle conservait les œuvres de Jérôme. C'était cette fois-là un pastiche des publicités dites « institutionnelles », destinées aux clients ou investisseurs boursiers :

> Chaque jour, grâce à ses 2 300 revendeurs régionaux présents dans 28 pays, INTERCAM diffuse la drogue.
>
> INTERCAM, ce sont 1 812 tonnes de coke et d'héroïne écoulées l'an dernier sur le seul marché européen.
>
> INTERCAM, c'est un réseau présent aussi bien dans les milieux favorisés que dans les zones dites « difficiles », et jusqu'aux portes des lycées.
>
> INTERCAM, c'est une diversification récente sur les marchés de l'ectasy, du crack et de l'ice.
>
> INTERCAM, c'est une action de lobbying continue pour la dépénalisation et la suppression des contrôles frontaliers.
>
> INTERCAM, enfin, c'est un chiffre d'affaires annuel de 4 milliards de dollars, et des bénéfices réinvestis chaque année dans les domaines en plein développement du tourisme sexuel, du travail clandestin, du trafic d'organes, des armes pour le marché islamique.
>
> INTERCAM : LA DESTRUCTION PORTEUSE !

Xeni rigolait, avec l'indulgence que méritent des momeries. Gina reposa sur le bureau le document qu'il lui rendait.

— Voilà à quoi il s'amuse pendant que les autres travaillent. Une vraie catastrophe...

— Vous êtes dure avec lui. Il est sympa, votre collègue. Ça lui irait bien, correcteur. Comme autrefois, dans une cage en verre, avec de grosses lunettes et le Hanse à portée de la main.

— Ah, il vous a parlé de ça aussi... Vous trouvez vraiment que c'est un objectif professionnel ?

Sourire carnassier :

— Pas de vilain mot avec moi, cocotte... Je comprends ce qu'il veut dire avec ses histoires de grammaire française. C'est une hygiène mentale, un peu comme les arts martiaux.

Xeni, cheveux ras, lunettes teintées, portait toujours un sac à dos, un blouson de cuir dont les manches pouvaient s'enlever grâce à des fermetures éclair. Un téléphone mobile et un baladeur CD étaient accrochés à son ceinturon. Tout cela, de bonne qualité, dénotait avec élégance une manière d'être très étudiée : nomadisme technologique, autosuffisance en milieu urbain. Le geste était souple, la parole précise et retentissante, la politesse attentive, simple et cordiale, le sourire chaleureux. Xeni était apprécié. Il savait faire preuve d'humour dans le travail, tout en restant sérieux. On avait confiance.

Gina regretta d'avoir à l'étourdie employé cette expression, « objectif professionnel », alors qu'elle n'y attachait pas plus d'importance que Xeni. Elle chercha un moyen de prolonger la conversation, désireuse de lui montrer que ce genre de points de vue ne résumaient pas sa personnalité.

— Il y a ici des gens que cela choque, dit-elle en désignant le document INTERCAM.

Xeni hochait la tête :

— Il ne leur en faut pas beaucoup. Cela en dit long sur l'état des esprits.

— Vous êtes très loin de nous, n'est-ce pas ?

— Qu'est-ce qui vous le fait penser ?

— Je n'en sais rien. Question de style, de comportement. Vous regardez de loin. J'ai l'impression que vous vous fichez du marketing autant que Jérôme de la pub. Je me trompe ?

Il l'écoutait avec attention. Il avait un regard très clair, assez froid.

— Gina, c'est uniquement histoire de parler, ou bien vous voulez réellement savoir quelque chose de moi ?

Elle sourit à demi, surprise, quoi que ce fût bien dans le style de Xeni. Elle avait déjà noté cela : à l'évidence il avait une sainte horreur de tout propos machinal.

— Eh bien... Oui, je veux savoir...

— La déconvenue risque d'être grave.

— Je peux tout entendre.

— Je l'aime bien, votre collègue, et vous avez tort de le critiquer, parce que c'est un paisible. Je méprise ce métier autant que lui, mais moi, franchement, au point où j'en suis, je la vendrais, la drogue. En grand. Le crack, l'héro, tout le bordel. Si je ne le fais pas, c'est parce que je n'ai rien dans le bide.

Ce type qui pouvait être si drôle, bon enfant, avait dit cela avec une soudaine dureté et l'on sentait qu'il n'y prenait aucun plaisir. Elle eut mal, et elle eut peur.

Xeni se leva avec un bon sourire :

— Je parie que vous en savez assez.

— Non...

....

V

Il est intéressant de savoir de quoi les gens se préoccupent, se préoccupent vraiment. C'est parfois très loin de ce qu'on pourrait croire; parfois tout simplement inimaginable.

Voici par exemple ce que signifiait cette réflexion de Jean de Malars : « Venant de moi, ce serait mal interprété. »

En 1827, le marquis de Malars obtint la charge de sous-gouverneur de SAR monseigneur le duc de Bordeaux, à qui l'avenir paraissait encore promettre le trône. Les services rendus par la famille de Malars dans l'armée des Princes justifiaient, et, de l'avis de beaucoup, exigeaient cette rétribution, qui s'était fait attendre. Depuis 1815, en effet, les Malars avaient dû se contenter d'un brevet d'officier pour leur aîné dans le régiment du duc d'Angoulême, et d'une molle recommandation du ministre Richelieu auprès du Conseil d'État en vue de la restitution du château de

Malars, confisqué en 1792 et par la suite dévolu à l'armée. Esprit réaliste et modéré, ou simplement soucieux de sa tranquillité avant toute chose, Louis XVIII avait toujours pris soin de maintenir à l'écart certains serviteurs trop zélés ; la famille de Malars incarnait mieux que toute autre ces dévouements excessifs. N'était-ce pas un Malars qui, le 31 mars 1814, jour de l'entrée des Coalisés dans Paris, avait publiquement accroché la Légion d'honneur au derrière de son cheval ? Louis Stanislas Xavier avait trop attendu son trône pour laisser des boutefeux provoquer de la sorte un peuple qui tolérait à peine de l'y voir remonter.

Ni Charles X, ni la duchesse de Berry n'eurent de ces cruelles prudences, et les Malars furent appelés à la Cour, apportant au suicide de la monarchie la contribution de leur dévot empressement. Après la révolution de 1830, ils s'en furent bouder le siècle sur leurs terres de l'Aube, s'employant à persuader les générations ultérieures que la noblesse avait sacrifié le meilleur d'elle-même à la monarchie légitime, quand elle en avait plus souvent été le fléau, suivant le mot de Talleyrand.

Quarante années passèrent. La République naquit, sans oser dire son nom, de la division royaliste. Les Malars perdirent un bon tiers de leurs biens dans le krach de l'Union générale. La mise à l'Index de *L'Action française* par décret pontifical en décembre 1926 fut le dernier acte de leur naufrage. Restèrent, dans le château de Malars, des reliques pieusement conservées : mèche de cheveux du petit duc de Bordeaux, morceau de la robe de Marie-Antoinette, bannière brodée à Madrid pour y accueillir le duc d'Angoulême en 1823, etc.

Jean de Malars, cartable et loden bleu, longe les thermes de Cluny, remontant le boulevard Saint-Michel, où des restes de neige composent une soupe brune qui éclabousse. Son cartable contient des notes de cours, des photocopies, des revues universitaires, un ouvrage récent sur la Fronde. Il a depuis longtemps dépassé ce divorce de ses ancêtres et de la France moderne ; son père déjà haussait les épaules, ne s'y reconnaissant plus.

Et cependant l'autre cartable, l'invisible cartable qu'il porte, contient l'histoire familiale des Malars.

VI

« Récit : relation orale ou écrite de faits vrais ou imaginaires. »

Manuel, allongé sur le canapé, une bière à portée de la main, tourne et retourne ces quelques mots. C'est ça ou allumer la télé tout de suite. Il se souvient d'un jeu de construction qu'il possédait étant enfant : un ensemble de pièces de bois de différentes formes, cylindres, cubes, parallélépipèdes, arcs et pyramidions. Il édifiait avec ça un monument, puis il le bombardait avec un petit canon à ressort qui envoyait un obus. Les mots et leurs assemblages, ou leurs incompatibilités, ont des propriétés semblables, en particulier au crépuscule, chez soi, devant une bière. On peut construire quelque chose, et autre chose le lendemain.

Des faits vrais ou imaginaires : cette dernière distinction vaut ce qu'elle vaut. Celui qui relate des faits imaginaires propose à l'auditeur, ou au lecteur, de les considérer sinon comme vrais, du moins comme dignes d'attention. Quel intérêt offrirait un récit qui ne serait pas, d'une manière ou d'une autre, le reflet du réel ? Donc, mieux vaut remplacer des pièces et modifier la construction : relation de faits jugés significatifs. (« Orale ou écrite » n'a par ailleurs aucun intérêt.)

« Relation » est un mot qui apporte quelque chose : on relie des faits. C'est la façon de les relier qui les rend significatifs. La Russie ne veut pas lâcher le Caucase ; rien n'oblige à relier ce fait à l'existence des pétroles de la Caspienne, ni à la proximité de l'Iran islamiste, mais ces relations fournissent, à tort ou à raison, une explication à l'attitude des Russes. On ébauche de la sorte un récit non pas indiscutable, mais possible. C'est l'hypothèse, moment indispensable des romans policiers. On passe son temps — tout le monde, de près ou de loin, passe son temps — à fabriquer, relire, corriger, censurer un récit de la vie comme elle va, qui en donne une version plausible, qui lui attribue un minimum d'ordre et de sens. L'homme n'est pas doué pour le chaos.

Encore qu'à envisager sa soirée et son logement, aussi vides l'un que l'autre, Manuel se prenne à songer qu'un peu de chaos ne lui ferait pas de mal.

Seulement l'hypothèse n'est qu'une hypothèse. « Maigret se trompe », dit un titre de Simenon. Manuel a complètement oublié ce que raconte le livre, mais ce titre ironique, négation du mythe de l'enquêteur infaillible sur quoi repose l'attrait même de la série, lui est resté en mémoire. L'hypothèse n'est qu'une hypothèse. Et l'on vérifie rarement ce que l'on tient pour probable.

Le fait certain est que tout cela n'a rien d'un jeu. C'est parce qu'il y a dans la réalité de l'incertitude, de la menace, de l'incompréhensible, que l'on a besoin de construire des récits. Un récit n'existe qu'en fonction de ses vides ; c'est d'eux qu'il part, ce sont eux qui le nourrissent.

« Il faudra que j'en parle à Jean. »

Un historien, la construction du récit, cela doit le connaître.

Naturellement, Manuel ne faisait pas, dans la vie, que réfléchir à ces choses. Il organisait ses vacances (pas évident, une fois redevenu célib). Il souffrait souvent de l'estomac. Il s'entendait mal avec un de ses supérieurs. Il pensait à une collègue avec laquelle il avait envie de coucher, mais craignait qu'une histoire de ce genre, au travail, ne lui pète dans les doigts. Bref, il avait des problèmes concrets.

Pourtant, quand il regardait les autres, il lui

semblait que la simple tâche de se faire une idée cohérente du monde était plus répandue et occupait plus d'énergie qu'on ne le pensait. De quoi parlaient, neuf fois sur dix, les délirants du métro, sinon des destinées du pays ? Il est superficiel de croire les individus préoccupés de leurs seuls soucis immédiats. Un horizon brumeux, un crépuscule de rêveries diffuses et a priori gratuites, désintéressées, environnent leurs pensées précises. Ils y sont contraints, ne serait-ce que par le monde, qui vient à eux sous forme d'une grève des transports, d'une bombe dans le RER, d'une élection, de l'abondance des sans-travail qui vendent *La Lanterne*, et des nouvelles qu'ils apprennent quotidiennement à la radio. Alors ils cherchent l'explication. Et ils se font une réponse. Tout le monde a une réponse, fût-ce la plus expéditive. L'homme de la fin du XXe siècle réfléchit sur tout comme on a rarement réfléchi.

Et comme c'est une activité fatigante, on l'aide. On lui fournit un récit tout prêt. On lui raconte par exemple qu'il y a un complot international destiné à détruire la France. Ou bien que la construction européenne servira à faire diminuer le chômage. Ou alors que Milosevic égale Hitler. On lui procure ainsi en même temps le sujet de préoccupation et la version des faits censée en faire litière. Selon leur caractère et les besoins du moment, les gens choisissent de croire à l'un de ces récits tout prêts, qui leur convient, qui les occupe, qui les calme.

Mais ce qui nous convient est-il la vérité ? Et à quelle part de nous cela convient-il ?

De même, dans le domaine intime — car leur Moi incompréhensible, leur Moi autre parfois se dresse devant eux et leur fait peur — la psychanalyse leur permet-elle d'isoler et choisir divers éléments de leur passé, de leur présent, de leurs rêves, et d'établir entre eux des relations qui aboutissent à un récit cohérent de soi-même. Ce qui compte de toute façon, c'est ce que l'organisateur du récit choisit comme significatif ou « intéressant », appartenant à l'intrigue, à la logique qu'il cherche à mettre au jour.

Ce soir-là (ou un autre), Manuel regarda un téléfilm évoquant la condition des jeunes, en majorité immigrés, dans une banlieue défavorisée de Marseille. Les images fictives étaient exactement les mêmes que celles qu'on pouvait voir au journal télévisé lorsqu'il était question de ce sujet. Une ou deux personnalités existantes avaient accepté de paraître dans le film, jouant leur propre rôle (cela porte un nom; en anglais; Manuel chercha un moment à se remémorer ce nom, puis renonça). En sorte qu'on aurait quasiment pu intervertir les bobines.

Il demeura perplexe devant ce bricolage. On ne brisait pas le cercle. Tout restait à l'intérieur d'une convention. L'image imitait l'image. Le récit refusait d'envisager son vide central, de supposer même ce vide, cette carence.

L'exemple des « jeunes des cités » de la télé (et de même celui de la police, il était bien placé pour le savoir ; et à l'intérieur même de celle-ci, les a priori des uns sur les autres, nuiteux, RG, flics en tenue, flics en civil...) montrait que l'on peut construire un personnage — construire tous ceux qui nous entourent — en recombinant des images déjà produites et bien identifiées (les jeunes des banlieues écoutent du rap et parlent le verlan), bref, à coup de lieux communs. En ce sens les problèmes de la fiction sont ceux de la vie.

VII

La gentillesse, les bons mots, les témoignages naïfs du bonheur qu'elle fût près de lui; une façon évidente de se mettre en frais pour elle, les manières de chevalier servant, les ruses attendrissantes des hommes qui veulent plaire : tout cela avait rassuré Gina sur le fait qu'il aimait les femmes, la femme, et corrigeait en quelque façon ce qu'il avait dit sur la drogue, et moins ce qu'il en avait dit que cet air de dureté, de souffrance, de violence.

(D'une image involontaire qui s'en était formée en elle, elle voulait à peine se souvenir. On a parfois, en même temps qu'un élan vers quelqu'un, la prescience de ce qui pourra déplaire, décevoir, repousser. Dans le demi-sommeil, elle l'avait soudain vu maniaque, fou, totalitaire et comme suant de l'intérieur.)

À l'issue d'une exposition au Jeu de Paume, assis sur un banc de pierre de la terrasse du bord de l'eau, il lui avait pris la main, posé les lèvres sur l'avant-bras avec une ardeur de collégien d'autrefois — ardeur légèrement parodiée, histoire de montrer qu'il dominait la situation. Et il la dominait en effet.

C'était elle qui avait suggéré de se retrouver là. Elle se racontait :

— Je ne suis pas artiste... Graphiste, mais ça n'a rien à voir... Je fais partie des parasites de la création artistique.

Elle consacrait une partie de ses loisirs à une petite entreprise d'édition d'art, créée par un ami allemand qui avait de l'argent à perdre. Elle parla d'un livre sur les détails : un fond de paysage de Poussin (quelques centimètres carrés de la toile), un minuscule personnage de Canaletto, les cartes à jouer semées par Chardin sur le plancher d'une scène de genre, agrandis, donnaient sur l'art pictural des uns et des autres des perspectives originales. Elle évoqua aussi une femme à peine visible, quelques taches bleues, dans l'ombre du sous-bois, au fond d'un grand jardin vert de Monet qui est à Leningrad.

Cette nuit-là, elle avait repensé à l'autre, à Jérôme, le candidat à la grammaire. Cet imbécile, il aurait pu, lui aussi... Pour peu qu'il témoignât d'un peu plus de force, de fermeté... Non, ce n'était pas cela, elle ne trouvait pas le mot. Elle ne lui reprochait pas son manque d'ambition, ni ses blagues de collégien, ni la grammaire... Mais plutôt cette gouaille, ce scepticisme ricaneur, qui affecte de ne pas croire en soi-même. Ce qu'il y a d'horripilant chez les gens qui sont mal dans leur peau et qui se réfugient dans l'humour systématique. Pour peu qu'il fît un effort, elle aurait pu devenir vraiment son amie... Ce qu'elle éprouvait vis-à-vis de certains hommes était bien exprimé dans cette tournure italienne, lue dans Stendhal (elle le croyait, du moins) : « *Ti voglio bene.* » « Je te veux du bien. » Sous-entendu : « Le bien que je te veux, c'est moi, pardi. Tu ne diras quand même pas non ? »

Ce grand âne, il n'avait pas voulu. Tant pis pour lui.

L'autre, c'était exactement l'inverse. Xeni, avec ce X comme une page écrite que l'on supprime, impatiemment, de deux grands coups de stylo. Cette bienveillance en lui (« Vous êtes trop dure pour votre collègue, je l'aime bien, c'est un paisible... ») et soudain cette dureté douloureuse — c'était cela qui l'avait troublée, elle y était tombée comme dans un gouffre.

Et il lui resterait aussi le souvenir d'une autre nuit, où il avait parcouru tout son corps avec tant de bonne humeur, de bonheur évident ; comme un enfant qui est un enfant, un homme qui est un homme. Et qui finalement n'est jamais aussi bien, en aucun lieu du monde, que dans les bras d'une femme.

Au matin, elle considérait le blouson de cuir sans manches, le pull camionneur, le blue-jean tombant à demi de la chaise.

— Et tu vas à tous tes rendez-vous comme ça ?

— Tu m'as vu à l'agence...

— Oui, mais chez nous tout le monde s'en fiche, on est des bohémiens... Tandis que dans les grosses boîtes, les banques...

— Hé ! Il faut bien qu'ils s'y fassent... Tu sais, je l'ai porté, l'uniforme... Je ne parle pas de tel vêtement ou tel autre... Mais de celui qu'on a dans la tête. Je l'ai joué, le rôle...

Il a changé de ton. Il parle d'une voix plus basse, regardant devant lui.

— Je l'ai joué... À ne plus savoir qui j'étais, si j'étais seulement quelqu'un... Sauf le matin dans la glace, quand je me détestais. Matin après matin... Et pour quoi, pour quelles conneries... Franchement ça ne valait pas le coup. Maintenant on me prend comme je suis ou on me laisse, mais de mon côté, fini. D'ailleurs... (Là, le ton redevient amusé, intéressé par la vie, les autres.) On a des surprises... L'autre fois j'avais un rendez-vous à la Défense... Le genre de boîte où tous les types rampent les uns devant les autres... Il y en a un, assez gentil d'ailleurs, qui m'a laissé entendre que j'allais faire impression, avec mon cuir et mon sac... Il craignait la réaction du grand boss. Je lui ai répondu que je faisais confiance à l'homme ! Tu aurais vu la gueule... Eh bien, le grand boss, on l'a vu, il n'a pas moufté, et quand j'ai parlé du stalinisme d'entreprise, il s'est marré et il m'a dit : « Je suis d'accord avec vous à 200 %. » Tu vois : je fais confiance à l'homme. Mais faire semblant de prendre tout ça au sérieux, non.

Gina l'écoute, le regarde. Mais surtout l'écoute. Il a une très belle voix, bien timbrée, une diction précise, rapide, chantante. Il est éloquent. Il y a des gens qui ont ce don, l'éloquence, même s'ils emploient des mots familiers ou vulgaires.

« Je fais confiance à l'homme. »

Et deux soirs plus tard, dans les Halles, voyant passer un gigantesque motard à clous argentés, grisonnant aux tempes, queue de cheval, il dit avec un indicible mépris :

— Regarde-moi ça. Quatre balles en croix dans la nuque.

Que lui avait donc fait ce type ?

VIII

Ce que personne ne savait, c'est que Mortier, le patron de l'agence, était un homme d'une qualité rare.

Du moins est-ce là ce que croyait Mortier, le patron de l'agence.

Cette âme avait son secret. Mortier jetait sur ses subordonnés et sur leurs activités un regard bienveillant, débonnaire, indulgent : quelque chose d'analogue au mystérieux sourire de Bouddha.

Mortier était un responsable de la Fraternité du Grand Véhicule qui se réunissait chaque mercredi soir dans un local, au fond d'une cour, en haut de la rue de Rome. Il s'y rendait avec sa femme et sa belle-sœur.

Les rues des villes sont pleines de ces semiclandestinités, il suffit de pousser des portes pour voir des gens qui se livrent à des activités indéchiffrables. On rencontre ainsi dans certaines rues écartées des baies vitrées et des ordinateurs, et sur la vitrine on lit une marque, un logo parfaitement sibyllins, du genre : *Horintex Int.* Ou : *Suravia.* Qu'est-ce qu'ils vendent ? fabriquent ? achètent ? traitent ? importent ? Il faudrait rentrer, le leur demander. On est toujours pareil à un touriste dans une ville étrangère. De même, il y a des associations, des groupements, toute une activité de premiers chrétiens. Chacun a son langage, cela finit par devenir très exotique. Au sein de la Fraternité du Grand Véhicule, c'était du genre : « Brigitte a encore pris deux kilos... Elle a un blocage karmique très fort... » Airs entendus.

Qu'était-ce au juste que la Fraternité du Grand Véhicule ?

Une tortue vit au fond des mers. Un anneau flotte, quelque part à la surface. Une fois tous les sept mille ans, la tortue émerge, et il peut arriver qu'un jour ou l'autre, par le plus grand des hasards, elle passe la tête dans l'anneau. Sinon, elle replonge pour sept mille ans encore. Cette image nous indique la valeur de la vie : nous avons autant de chances de connaître une réincarnation qu'en a la tortue de passer la tête dans l'anneau.

Il faut donc en profiter. C'est pourquoi Mortier était devenu responsable de la Fraternité du Grand Véhicule.

Pour expliquer ce qui se passe une fois l'être incarné, on doit changer de métaphore. Notre existence humaine doit être consacrée à retirer de nous la flèche univers, qui s'y est plantée, et qui nous fait mal. La vie n'est en effet que souffrances, désirs inassouvis, convoitises, déchirements. Or : « Tout ce qui arrive dans la vie arrive à un homme. Je crois, tu crois, nous croyons être cet homme, cette créature provisoire. Il n'en est rien. C'est à lui, à elle, que cela arrive, pas à nous. Notre âme éternelle et silencieuse a devant elle un autre chemin. Libre à elle de s'y engager. »

N'était-il pas merveilleux de penser cela ? Cinq années durant, Mortier avait appris à faire en lui la place, révérencieusement, de cet être invisible qui n'était pas Mortier, dont Mortier n'était que le servant. Quelle chance que de telles lumières lui eussent été données, à lui Mortier, alors qu'elles étaient refusées à tant d'autres, à tous ces malheureux qui replongeraient pour des milliers d'années, frustrés ou repus des biens de ce monde, sans avoir rien vu ni compris !

Et puis quelque chose était arrivé à Mortier.

Ce qui était arrivé à Mortier (disons plutôt à cet homme nommé Mortier à qui tout arrivait, non pas à lui), c'était, depuis un an recrutée par l'agence, Gina.

Mortier était obsédé par Gina.

Tous les sept mille ans, la tortue remontait à la surface; peut-être avait-il fallu des milliers de fois sept mille ans pour que la tortue nommée Mortier passât la tête dans l'anneau — ou, mieux, pour que la tortue passât la tête dans un anneau qui s'appelait Mortier; peut-être en faudrait-il encore des milliers, des milliers de milliers, un kalpa, deux kalpas (tous les cent mille ans, une écharpe de soie effleure le sommet de l'Himalaya; lorsque l'Himalaya aura disparu, entièrement usé par ce frottement régulier, il se sera écoulé un kalpa); il faudrait peut-être tout ce temps, donc, pour qu'elle repassât la tête dans l'anneau; et par l'anneau, il avait fallu qu'elle vît la jolie gueule, les jambes et les seins de Gina, entendît la voix douce de Gina!

C'était le retour à l'univers blessure, à l'univers désir; à la case départ. « Vous allez tout droit en prison, vous ne touchez pas 20 000 francs. »

Et certes, ce n'était pas à lui que cela arrivait, mais à un homme nommé Mortier... N'empêche qu'il avait bien l'impression — lui, Mortier — que c'était bien à lui, Mortier, que cela arrivait.

Décourageant. De quoi replonger au fond des mers.

Il faut dire que Gina était vraiment attirante, chevelure abondante et légère, sensualité italienne un peu lourde, tout cela comme embué, nimbé d'une douceur que suggérait sa peau blanche et fine, la rondeur des bras. Le genre de fille qui ne fait rien de spécial pour attirer l'attention et que tous les hommes ont repérée, où qu'elle passe, dans un délai d'une minute. Mortier avait entendu des conversations à ce sujet, dans les bureaux. Il n'était pas même original !

Encore, s'il ne l'avait pas vue tous les jours, il l'aurait probablement oubliée. Seulement, chaque jour, Gina était là, et la flèche se replantait en lui.

Il avait parfaitement remarqué, l'autre soir, que Xeni était venu l'attendre. Elle l'avait embrassé, ils étaient partis ensemble, elle avait l'air contente. Il avait dû dire quelque chose de drôle, vingt mètres plus loin, sur le trottoir, car elle avait éclaté de rire. Horrible. Il en aurait pleuré. Il avait cinquante-deux ans, il était moche, de la graisse aux genoux, un pli horizontal au niveau de l'ombilic, et le testicule droit qui, par rapport au gauche, tombait de plus en plus bas, inexorablement. Un court et atroce instant, il s'était vu mourant, désespéré, un jour ou l'autre, ayant tout raté, puisqu'il n'aurait pas eu l'amour de Gina, ni pu s'en passer.

À présent, dans le local de la rue de Rome, il considérait avec dépit sa femme et sa belle-sœur en méditation, dans leurs collants disgracieux, les fesses largement aplaties au sol.

Leurs âmes lumineuses n'y paraissaient pas avec une grande évidence.

Le karma de Mortier lui avait réservé au reste une autre avanie. La standardiste de l'agence avait découvert le pot aux roses, pour la Fraternité du Grand Véhicule.

Mortier ne savait pas que tout le monde savait.

IX

Un épisode précis, nous l'avons mentionné, en même temps qu'il avait donné quelque notoriété à la famille de Malars, expliquait l'éloignement dans lequel Louis XVIII l'avait tenue.

Davantage qu'à tout le reste de la chronique, c'est à cet épisode que revenait Jean de Malars, comme on revit le souvenir cuisant d'une vilenie ou d'une idiotie que l'on a commise; et aussi parce que c'était cet événement qui, en inscrivant, fût-ce au titre d'infime détail, les Malars dans l'histoire de France, le faisait aujourd'hui porteur d'un message qui restait à libeller.

Le 31 mars 1814, aux dernières heures de la campagne de France, le czar Alexandre, le roi de Prusse, le prince de Schwarzenberg représentant l'Autriche, entourés de leurs états-majors et d'une délégation de soldats français, entrent dans la capitale par la barrière de Pantin.

Paris investi par une armée étrangère, cela

n'est pas arrivé depuis des siècles, on pourrait dire que cela n'est jamais arrivé. Personne ne sait comment peuvent réagir les Parisiens.

Les faubourgs demeurent muets. Des visages figés, par la stupeur, peut-être, plus que par tout autre sentiment, paraissent aux portes et aux fenêtres. Le prince, le roi, le czar jettent des regards pensifs sur les façades, de part et d'autre; ils ne descendent pas sans quelque malaise dans cette capitale qui s'est rendue, mais qui pourtant à cet instant les engloutit, se referme sur eux en silence.

L'enthousiasme n'éclate que sur les boulevards, aux Italiens. Là, un groupe de gentilshommes à cheval, porteurs de cocardes blanches, s'avance au-devant du cortège aux cris de « Vive Alexandre, à bas le tyran, vivent les Bourbons ». Tout à l'heure, certains d'entre eux tenteront de jeter la statue de l'Empereur au bas de la colonne Vendôme; n'y parvenant pas, ils la souffletteront.

Or, un de ces manifestants royalistes a accroché à la queue de son cheval la croix de la Légion d'honneur; et l'un des officiers français contraints d'accompagner le cortège des monarques a vu ce détail.

Il s'appelle le colonel Charles Fabvier; il appartient à l'état-major du maréchal Marmont.

C'est lui qui a eu pour mission de négocier la reddition de Paris. De modeste origine, il a conquis ses galons — et sa propre Légion d'honneur — sous le Consulat et l'Empire. Soldat discipliné, il n'a pas trop renâclé, bien qu'effondré par la défaite, à exécuter les ordres des jours précédents et de ce jour-ci : signer la capitulation et remettre aux souverains alliés les barrières de Paris. Quant à savoir ce qui va se passer, qui gouvernera demain... demain est un autre jour.

Ce qu'il ignore aussi, ce que tout le monde ignore, c'est que cette injure faite à la « croix des braves » va réorienter toute sa vie. Cet homme a devant lui un destin singulier, et personne ne le sait encore, mais c'est cette injure qui va être la cause de ce destin.

L'homme qui s'en est rendu coupable est le marquis de Malars. Il est le frère cadet du futur sous-gouverneur du duc de Bordeaux.

Tel est l'acte qui, cent quatre-vingts ans plus tard, pèse toujours sur la conscience de Jean de Malars.

Rien ne l'oblige à se sentir solidaire de ses ancêtres, et, historien, les occasions ne lui ont pas manqué de réfléchir à ce qu'est son pays. Il partage les valeurs de la France moderne, la République, l'égalité. Il a même abandonné sa particule, à une époque, quand il était étudiant. Est-ce le seul effet d'une sensibilité professionnelle ? En tout cas l'indifférence, la décision d'indifférence, n'a pas suffi. Il est, qu'il le veuille ou non, le rejeton de ceux qui n'ont pas voulu que la France devînt ce qu'elle est. L'immense majorité des Français s'estiment les enfants de ceux de 89, de Valmy : c'est une filiation symbolique, donc réelle. Lui n'en est pas. Rien à faire. Il est en marge. On peut appeler cela une vue de l'esprit ; mais toutes les vues sont de l'esprit ; un fait intellectuel demeure un fait, auquel s'ajoutent les traditions, les souvenirs parmi lesquels il a grandi, les reliques conservées au château de Malars, la chronique de ces « manants du Roi » que voulurent être les siens : un savoir hasardeux qui le place, même s'il en rejette l'héritage, au sein d'une histoire particulière, oubliée ou ignorée par la plupart de ses concitoyens.

On peut dire qu'il dispose, lui, du « point hors du cercle » invoqué par Manuel, ce qui n'entraîne pas forcément le rejet, mais permet la simple distance sans laquelle, étant soi-même dans le tableau, on ne peut en considérer l'ensemble.

C'est ce que signifie : « Venant de moi, ce serait mal interprété. » Toute critique des idées modernes (et il lui en vient aisément à l'esprit) allume en lui un signal d'alarme ; ainsi ne perd-il pas une occasion d'afficher son respect des idéaux de 1789, supposés réalisés dans la France d'aujourd'hui. Il n'y a pas là de singerie. Il est juste, un peu plus que d'autres, obligé de montrer qu'il est sincèrement républicain. Et il l'est.

— Le problème, dit-il en souriant derrière sa pipe, c'est qu'on peut se demander si les Français le sont encore.

Le souvenir de ce jeudi 31 mars 1814 est d'autant plus pénible que rien n'indique, à aucun moment de leur histoire ultérieure, que les Malars l'aient dépassé, digéré, racheté en quelque façon. L'anecdote n'est pas passée inaperçue ; elle figure dans plusieurs Mémoires du temps ; elle leur est à son tour accrochée au derrière, et personne ne se risque à l'approbation. Or les Malars sont demeurés groupés, crispés, autour de cette honte, qu'ils ont assurément perçue et ressentie comme telle, mais sans jamais vouloir en convenir.

Leur histoire publique, on l'a vu, s'achève en 1830. À partir de cette date et pour plus d'un siècle, ils renoncent à faire partie de leur époque, ce qui ne signifie pas courir derrière le goût du jour, mais se mesurer au présent tel qu'il est.

Jean aimerait, pourtant, plaider leur cause. Souvent il lui est venu l'idée que ces gens étaient morts ; et que les morts, qui ne sont plus là pour se défendre, ont plus que quiconque le droit d'être compris. Au reste, ces morts-là ne se défendent pas si mal, puisque du fond de leur tombe, ils parviennent encore à le tirer par les basques, à le diviser, à le tourmenter... Le Malars de 1814, après tout, est un tout jeune homme; il n'a connu que l'exil et ne sait rien de la France... Oui, mais ils sont relaps. Ils ont fait bloc. On peut comprendre un homme ou un groupe d'hommes qui ont été fidèles à leurs convictions, même si on ne les partage pas. On ne peut excuser l'acte, tout simplement bas, du marquis de Malars, non plus que ce qu'il faut bien appeler la sottise, purement et simplement la sottise, de toute la tribu, qui durant quinze années de Restauration semble faire tous ses efforts pour scier la branche où elle est juchée, déconsidérant à jamais un régime qui n'était pas si malintentionné qu'on a bien voulu le dire.

Or, en même temps qu'il soupire, avec la consternation d'un avocat que l'infamie de son client décourage, Jean déplore l'enchaînement des circonstances qui à partir de ce jour, inexorablement, vont éloigner Fabvier de la Légitimité.

Et c'est ainsi qu'il a conçu, faute de mieux, son grand projet de l'heure : un plaidoyer rétrospectif pour Louis XVIII.

Ces préoccupations peuvent sembler inactuelles, poussiéreuses; le passe-temps d'un dilettante. Ce n'est pas ainsi qu'il les juge ou, mieux, qu'il les éprouve. Sans bien se l'expliquer, Malars a le sentiment très vif qu'elles sont au contraire urgentes, liées en tous points à ce qui se passe ici et maintenant, sous ses yeux.

La blessure que lui inflige à l'âme cet instant du 31 mars, qui date un nouvel épisode de la guerre civile française, un de ces instants atroces où l'on sent que les hommes ne pourront plus même se parler — tout se passe comme s'il la recevait aussi et en même temps du présent.

Comme si, dans la France de 1990 et quelques, rien n'était plus urgent que de revenir sur ce qui met aux prises Louis XVIII, les Malars, le colonel Fabvier.

X

— Eh bien moi, ton téléfilm sur les banlieues de Marseille, ce n'est pas ça que j'en dirais...

C'est une conversation au Concorde Saint-Lazare. Il doit être neuf heures. La nuit s'est faite, percée de lumières jaunes, rouges, bleues. Deux demis par personne sont vides sur la table. Et Xeni s'est emparé du sujet :

— Je poserais simplement une question : comment se fait-il que personne ne fasse un film tout aussi gorgé de bons sentiments sur les jeunes néo-nazis d'Allemagne ? Alors là, pas de bon curé missionnaire, pas de considérations apitoyées sur leur révolte-qu'il-faut-comprendre, sur leur profond sentiment d'abandon, sur cette-violence-qui-nous-interpelle, et tout le tremblement ! Rien ! Moi j'ai vu des photos qu'on a faites d'eux. On en a fait des monstres, physiquement des monstres. C'est à pleurer. C'est tout simplement dégueulasse. Est-ce que ce ne sont pas des hommes ? Est-ce qu'ils sont nés ainsi ? Après ça on chiale, on se répand en bonnes paroles sur l'exclusion. Mais qui est exclu, dans l'affaire ? Ceux qui passent à TF1 ?

— Ils passent à TF1, mais le film les trahit, tente de plaider Manuel.

— Eh oui, sans doute, sans doute ! Les bons sentiments seront toujours les bons sentiments ! Autrefois, les dames patronnesses avaient leurs bons pauvres et leurs mauvais pauvres, et c'est sûr que les bons pauvres, tout bons qu'ils soient, ils restaient des pauvres ! Eh bien, aujourd'hui c'est pareil, voilà tout. Alors moi, vos bons petits jeunes révoltés en peau de lapin, je leur pisse dessus, et je suis avec les méchants, les affreux, les néo-nazis d'Allemagne, parce que ceux-là, notre bonne conscience si généreuse, si dégoulinante d'humanisme, elle n'en veut pas, elle les abomine, elle les laisse en dehors de son immense sollicitude ! Allez, vous me faites rire, tiens. Moi j'attends qu'ils défilent au pas de l'oie, le bras en l'air, pour vous écouter pousser des cris de vierges effarouchées !

Pour « vous » écouter. « Vos » bons petits révoltés.

— Ce que je remarque, moi, dit Manuel, c'est que nous ne sommes pas en train de discuter des faits, mais de la manière dont on les représente.

Cela le conforte dans ses théories sur le récit. Il y a une menace, et il s'agit de construire une représentation qui attribue à cette menace un sens, une place quelconque.

En même temps il s'interroge sur le jeu de Xeni, de plus en plus caractérisé et systématique. Xeni, qui, lui non plus, n'a pas toujours été ainsi.

XI

Édifiée entre 1886 et 1889 par l'architecte Gustave Lisch (également signataire de la gare des Invalides), pour remplacer l'ancien embarcadère de Saint-Germain qui se trouvait place de l'Europe, la gare Saint-Lazare peut être envisagée et analysée comme une porte d'entrée dans Paris. Si l'on adopte ce point de vue dans toutes ses conséquences, on est amené à considérer qu'elle a pour fonction le modelage, l'encadrement et la distribution des individus, en fonction de diverses lois, écrites ou non écrites.

Le voyageur qui, descendant du train, s'achemine vers l'extrémité d'un quai, est soumis à un mitraillage d'informations pratiques ou publicitaires, indicatives ou impératives, dont les trois quarts ne le concernent pas ou ne l'intéressent pas, mais qui toutes le visent. Là, le nouvel arrivant pose sa valise, consulte le plan du métro, s'enquiert d'un téléphone, etc.; ce qui montre bien qu'il s'agit d'apprendre la ville et de négocier, d'aboutir à un compromis entre ce que l'on recherche et ce qu'elle propose.

Ce qui est sûr, c'est qu'une gare rythme le temps. On peut chiffrer avec précision le nombre de personnes qui passent par là, dans un sens ou dans un autre, suivant l'heure. On peut observer aussi qu'elle modèle à sa convenance le quartier alentour, qu'elle le met à son service, et, de là, organise et régit bien d'autres aspects de la vie : l'alimentation (bistrots et brasseries), les pensées (insistance des kiosques de presse), le costume (on ne va pas au bureau dans n'importe quelle tenue, et les grands magasins tout proches fournissent le nécessaire).

Mais l'essentiel n'est pas là : ce que la gare, par son existence même, trie, sépare, discerne, discrimine, c'est l'allure.

Installé devant sa bière et ses cigarettes, à la terrasse de la brasserie qui se trouve à l'extrémité de la salle des pas perdus, Manuel, d'après ce critère, a tôt fait de diviser l'humanité en trois :

1) Ceux qui marchent d'un pas décidé et ne s'attardent pas. Ce sont les employés, les pères ou mères de famille, qui se rendent à leur travail ou qui en reviennent; et d'autres, qu'on ne saurait classer aussi sûrement dans l'une de ces catégories, mais qui, à l'évidence, savent où ils vont.

Ceux-là ont accepté, pour le moment et jusqu'à nouvel ordre, d'être un certain personnage dans une certaine histoire, professionnelle, familiale, etc., qui leur plaît comme elle est, ou dont ils s'accommodent, à laquelle ils se soumettent de plus ou moins bon gré.

2) Ceux qui traînent. Ceux-là n'ont pas ou plus d'histoire constituée, mais ils n'en cherchent plus. Ils ont renoncé. On observe chez eux une forte tendance à s'asseoir sur les marches d'escalier, souvent avec des bouteilles de bière, et parfois des chiens. Une variante est constituée par les vendeurs de petits journaux, qui n'ont pas abandonné tout espoir, qui font valoir leur souhait de retrouver un rôle.

3) Entre ces deux catégories, il reste ceux qui rôdent. Il y en a beaucoup et à toute heure. Ce sont principalement les plus jeunes, moins de vingt-cinq ans. Ceux-là n'ont rien choisi encore; ils explorent la forêt des possibles; ils ont un point d'interrogation dans la dégaine.

À cette catégorie appartiennent deux filles assises devant Manuel. L'une tape régulièrement des cigarettes, aux passants, à lui. Il entend des bribes de leur conversation : histoires de jobs éventuels, de copains. Les scénarios semblent incertains, hypothétiques, foireux. Celle des deux qu'il peut le mieux voir, assise face à lui, pose sur les hommes, à leur passage, un regard sans complaisance de louve en chasse, aigu et mobile, qui dans la seconde qui suit a) rejette illico et sans appel ; b) ne rejette pas a priori, mais de toute façon ne s'attarde pas, elle n'est pas là pour ça, ce n'est pas le moment, c'était juste un exercice, une information ajoutée à mille autres.

Le regard qu'elle a concédé à Manuel, tout en lui soutirant une clope, entre dans la première catégorie. Il s'y résigne, fataliste. Il sait bien qu'il a probablement l'allure typique de l'homme seul, prêt à tout et tout de suite. Or, miss Louve n'est pas d'humeur à agréer le premier Bite-sous-le-bras venu. Miss Louve entend vendre chèrement sa peau. Il ne lui faut pas moins que le Prince charmant, habitant du royaume du Possible.

À quoi, à qui se résignera-t-elle tôt ou tard ? À quel cormoran indistinct ? Combien de temps d'ici à la poussette inévitable et morne, au Franprix de la porte d'Asnières, le corbières à dix balles, les haricots extra-fins ? Adieu, beaux amants, passions, inspirations de la nuit et de l'aube ! Il y a en règle générale peu d'espoir. Peu d'espoir. Mais ici, à la gare Saint-Lazare, on pourrait prendre le train pour l'estuaire ou Le Tréport. Ce n'est déjà pas mal. C'est mieux que rien.

XII

Gina a donc commencé à se raconter Xeni. Et dans ce but, elle s'est documentée, au gré de leurs conversations. Ainsi sait-elle désormais qu'il a pour principaux copains un prof d'histoire et un inspecteur de police; qu'ils se retrouvent régulièrement pour boire un verre et dîner dans le quartier Saint-Lazare. Elle sourit :

— Et après vous allez voir les putes ?

Xeni, très sérieusement :

— Non. Je n'y vais plus.

— Ah bon ? Parce que tu y allais ?

— Aussi souvent que j'en ai eu envie. Et je ne l'ai jamais regretté. Contrairement à ce qu'on dit, ça peut être très bien. Ce qui est triste, c'est le type qui y va parce qu'il est en manque... C'est la solitude qui est triste.

— Je ne vois pas quel agrément vous pouvez trouver à payer une nana...

— Où est le problème ? On achète un service.

Tout ce qu'on peut souhaiter, c'est que le service soit bon. Et il l'est souvent. Bien plus qu'on ne le dit.

Gina ne fait pas la bêtise de se montrer choquée.

L'autre jour elle citait le propos de Mortier : « Il faut chercher ce qui unit et non pas ce qui divise. » Xeni l'a étalé, dépecé, compissé, tourné en ridicule. Il s'est acharné, il a épilogué, comme il fait, avec cette manière de se jeter sur quelque chose... Idem quand elle a eu le malheur de dire qu'elle avait été émue par la poignée de main, amplement télévisée, entre Yasser Arafat et le Premier ministre israélien Rabin, lors de la signature du traité de paix. Qu'est-ce qu'elle a entendu ! « Ah non ! Pas ça ! Pourquoi pas la faim dans le monde, pendant que tu y es ? Tu n'as qu'à me dire aussi que tu es émue par la faim dans le monde ! Et l'émotion de demain, ce sera quoi ? Une grande conne sur un stade, qui court un peu plus vite qu'une autre ? »

Elle a failli se vexer. D'autant plus qu'il avait, elle le sentait, probablement raison.

Mais pourquoi cette hargne ? Tout ce qu'elle sait, c'est qu'il recherche bel et bien, lui, ce qui divise.

— Les gens protègent leurs bagnoles avec des alarmes ; dès que tu y touches, ça se met à hurler.

Je crois qu'ils font pareil avec leur cervelle. Tu leur sers une pensée précise et logique, DONC bouleversante — au sens propre du terme — et ils se mettent à hurler pour éloigner l'idée, comme la sirène éloigne le voleur. C'est pour ça que je parle souvent de la drogue, c'est un bon exemple. L'autre jour j'en écoutais geindre, encore, la drogue dans les lycées, tout ça. Je leur ai dit : « Il faut décréter que toute personne trouvée en possession de drogue sur le territoire sera fusillée. La première année on en fusillera plusieurs centaines. La seconde année, plusieurs dizaines. Et au bout de quatre, cinq ans, cela deviendra très rare. » Ils se sont mis à beugler, t'aurais vu.

— C'est idiot. Cela ne marcherait pas.

— On n'a jamais essayé. Conclusion : si vous ne voulez pas fusiller les criminels, c'est que vous préférez voir vos enfants se piquer. C'est pour ça que je dis : moi, si j'avais des couilles, je la vendrais, la drogue. À des gens comme vous, je la vendrais. Vous seriez tellement cons que vous ne me tueriez même pas. J'aurais une grande bagnole noire avec chauffeur, vitres fumées, bar et fax à l'intérieur, et vos filles à quatre pattes qui me suceraient la queue.

— Et tu serais heureux ?

Il hausse les épaules. Gina reprend :

— Tu m'énerves, parce que tu n'es pas en train de parler de la drogue, mais de toi. Tu as besoin d'une pensée simple, qui coupe tout en deux. Pourquoi, je n'en sais rien, mais c'est comme ça. Dans ton genre, tu me fais penser à Mortier avec son bouddhisme. Il a trouvé la martingale. Ils sont nombreux comme ça à avoir trouvé la martingale.

Il ne répond pas.

Xeni recherche les points de heurt, de rupture. Non pas avec elle : avec tout et tout le monde. Il lui faut dénuder, sortir, exhiber tout ce qu'il y a de violent dans les rapports humains, les dollars, les fusils, « vos filles à quatre pattes », etc. Xeni ne croit pas à la paix.

Pourtant il y a autre chose en lui, et c'est pourquoi Gina s'étonne : de la bonté, des tendresses touchantes. Par exemple, il a conçu à l'égard de Jérôme, qui est fort éloigné de ses idées, et de son tempérament, une affection singulière et désintéressée. Il le défend si on en dit du mal. Et il est ému, quelquefois, par des choses vues, de menus faits humains à quoi nul autre que lui ne prêterait attention, telle l'histoire de cette fille qui n'avait pas envie d'être prise en photo.

....

XIII

Cela faisait assez longtemps que Malars ne se passionnait plus pour la vie universitaire. Il mettait un point d'honneur à s'occuper de ses étudiants de la façon la plus attentive ; en revanche, la carrière, l'art de placer ses billes, le louvoiement entre alliés, adversaires et protecteurs, l'avaient lassé depuis longtemps. Il avait, disait-il, « la flemme » de se préoccuper de tout ça. C'était son expression, et il ne savait pas encore que cela le rapprocherait un peu plus tard de Jérôme. Après avoir tant fait que de se caser là, il entendait qu'on lui laissât la paix.

Il régnait d'autre part sur les études historiques un sérieux auquel il ne s'habituait pas. Il appréciait les articles, les livres qu'il lisait, parce qu'il avait le goût de la réflexion, de la connaissance, et qu'il se dépensait là beaucoup d'intelligence et de talent ; pour autant il ne croyait pas à l'Histoire. S'adonner à cette discipline n'était à son idée, ne pouvait être, rien d'autre qu'un plaisir, une rêverie alimentée, en aucun cas une activité scientifique. « Je n'ai pas plus de raisons de croire à l'existence de M. Thiers qu'à celle de Sennachérib. Ce sont des lectures. » La boutade de Paul Valéry l'avait une fois pour toutes vacciné. De même que les voyages, le jeu d'échecs, l'exercice du piano ou l'art des jardins, l'histoire enrichissait l'esprit de l'homme, aiguillonnait ses facultés d'intelligence, de curiosité, d'esprit critique, de compassion, de songerie. Rien n'était plus éloigné de cela que la prétention scientifique, le ton doctrinal, les graves débats théoriques.

— Voilà un trait de notre temps, disait-il : le premier venu s'imagine qu'il est là pour sauver le monde. Quel manque de modestie...

Il venait au Concorde Saint-Lazare parce que cela lui changeait les idées, qu'il se sentait en confiance et pouvait s'amuser, par sport, à justifier l'attitude de l'Inquisition face à Galilée, ou même la révocation de l'édit de Nantes. La révocation de l'édit de Nantes était son dada. Il pouvait y passer des heures. Plus la révocation de l'édit de Nantes était, quoique regrettable, compréhensible, plus on pouvait être sûr que Jean était de bonne humeur.

Il savait bien pourquoi ce genre de plaisanteries — d'ailleurs très construites, très argumentées, très savantes — avaient le don d'enchanter Xeni : parce qu'elles étaient de nature à heurter la sensibilité contemporaine, et uniquement pour cette raison.

Puis il l'entretenait de son projet de livre « réhabilitant » Louis XVIII. Xeni aimait bien cela aussi et s'en amusait :

— C'est dingue. Il faut réhabiliter ! À titre posthume. On vit sous le maréchal Staline. Ce que je me demande, c'est qui est aujourd'hui le maréchal Staline... Remarque, c'est jouable. La révocation de l'édit de Nantes, je ne te le conseillerais pas autrement qu'en privé. Louis XVIII, c'est jouable.

— J'avais pensé aussi à Leonid Brejnev ; mais on croirait que je plaisante.

Tout en fumant le cigare apporté par Xeni — Xeni ne fumait plus, mais il leur avait ce soir-là offert des cigares —, Malars sentit planer sur ce qui était tout de même sa vie les volutes de la dérision. Oui, il trouverait le moyen d'écrire sur le sujet un livre élégant et recevable. Il n'était pas de l'opinion de Xeni : réhabiliter, de nos jours, est facile. Presque trop. Tout se passe comme si entre l'ordre des faits et celui des valeurs, il n'existait plus de correspondance évidente et fixée. Il lui suffirait de dépeindre le règne de

Napoléon Ier sous les couleurs les mieux faites pour déplaire aux contemporains : la dictature militaire, l'impérialisme continental, un million de Français sacrifiés en quinze ans, pour ne rien dire des destructions, des morts et des pillages dans les pays conquis. De souligner l'opposition féminine (gros succès garanti). Par contre, dans la série des malheurs légués par l'autocrate, inutile d'insister sur la France envahie, les places fortes livrées, les Cosaques aux Champs-Élysées : cela n'intéresserait que les généraux en retraite, autant dire personne. Bien. Cela fait, il ne serait pas difficile de prouver que Metternich, ennemi juré de l'Ogre corse, et dont l'histoire a conservé une si piètre image, préfigurait en réalité l'esprit de la construction européenne : il n'était que de voir sa méfiance envers les nationalismes italien, grec, hongrois. Sur cette toile de fond apparaîtrait Louis XVIII : pacificateur de la guerre civile française ; rempart contre la réaction « ultra » ; et le premier chef d'État à avoir fait fonctionner en France, durablement, un système politique de type parlementaire. Au total, de symbole du retour au passé (pouah !), Louis XVIII deviendrait une ébauche, une préfiguration de ce qu'il y a de mieux au monde : nous.

Il s'en tirerait bien, très bien. Il y aurait dans

son sujet, pour donner du relief, juste assez d'éléments de contraste ou de débat (l'intervention de 1823 en Espagne, destinée à rétablir sur le trône l'immonde roi Ferdinand). Il s'en tirerait bien, et sans hypocrisie, ce qui est encore plus fort. Enfin disons : sans trop d'hypocrisie. Soyons large. Parce qu'il était de cette race bénie qui peut être sincère sans que jamais personne lui en fasse le reproche. D'une race qui n'était pas née pour lancer des pierres, ni pour en recevoir. Cette espèce-là, il n'y a rien à faire : on en est ou on n'en est pas.

Or, pour Xeni, il semblait bien avéré que tout ce qui était recevable par la conscience ou l'opinion actuelles était ipso facto crétin, mensonger, sans valeur. Alors, son petit bricolage sur Louis XVIII ?... Le secret, entre Xeni et Jean, était cet ascendant du premier sur le second, l'importance singulière que Jean accordait à son appréciation. Il menait sa vie comme il l'entendait; pourtant, le regard de Xeni était là, il y serait toujours.

En même temps, Jean voyait bien, ou sentait bien, que son ami approuvait en lui, et peut-être enviait, cette douceur ou cette ingénuité du caractère, cette aptitude à vivre dans le siècle comme il était, même s'il n'en partageait guère les illusions, même s'il était une sorte de mécréant des idées modernes. Un soir, bien des années plus tôt, Xeni lui avait dit : « Toi, de toute façon, tu es un ange. » Jean se souviendrait plus tard de cette mansuétude de Xeni, qui rageait contre l'univers, et qui l'épargnait, lui ; qui lui autorisait le destin harmonieux qu'il ne pouvait plus imaginer pour lui-même. Il devait se dire plus tard : « Xeni m'a compris, bien mieux que je ne l'ai jamais compris. » Il devait s'avouer alors que dans leurs conversations, l'un des deux — lui — prenait un plaisir de dilettante; tandis que pour l'autre — Xeni — ce n'était pas un jeu.

Xeni avait reparlé des néo-nazis d'Allemagne. Ce qui était tout de même bien autre chose que la Légion d'honneur attachée à la queue d'un cheval. C'était là, de façon croissante, la marque de Xeni : il revenait, reprenait, épiloguait.

— Qu'est-ce qu'on attend pour les descendre ? Si on les trouve si dangereux, s'ils représentent vraiment le mal absolu, il faut les flinguer dans la rue, point final. Si on ne le fait pas, c'est qu'on les veut, qu'on les désire, qu'on a envie du viol. Moi je suis pour la mort. Un mec brave la société, il sait qu'on le descendra si on peut. Le jeu est clair et honorable. Chacun prend ses responsabilités. Si on ne le fait pas, alors c'est le type qui a raison. C'est pour ça que je parle souvent du roi de la drogue, ce type en Birmanie. Je ne sais pas s'il a lu Nietzsche ; mais il agit comme s'il l'avait lu.

Que dénonçait-il ? Que voyait-il ? Quel était le secret de cette rage ?

Xeni s'éloignait. Et quand on le voyait, solitaire, descendant de son pas lent et souple la rue de l'Arcade déserte, on se prenait à penser que c'était bien l'allure, en effet, comme dans la gare Saint-Lazare, qui en disait le plus long.

XIV

L'inflation du discours, du commentaire : Manuel, résolu à ne plus rien considérer comme allant de soi, se demandait si ce n'était pas là, précisément, l'anomalie qu'ils avaient en commun, en laquelle ils étaient complices ; et si des individus normalement constitués devraient jamais parler d'autre chose que d'argent et d'amour, non pas pour philosopher sur l'argent et l'amour, mais pour gagner de l'argent et pour faire l'amour. Le chef-d'œuvre de la conversation : une femme ou un homme, assis(e) sur un banc de la place Estienne-d'Orves, et qui dans son téléphone mobile tient des propos érotiques (ayons l'esprit large, disons amoureux) à son correspondant ou sa correspondante. Ou alors carrément : « Je veux cent mille. Je ne descends pas en dessous de cent mille. » Toute autre considération, toute importance accordée à quoi que ce soit d'autre ne relevaient-elles pas de l'aveuglement volontaire ?

C'était bien par désir d'affronter le monde concret qu'il avait envoyé promener les études de philo, et vaillamment ingurgité son droit pénal pour devenir fonctionnaire de police. Également à cause de Monique, il est vrai, histoire de lui prouver sa capacité à une reconversion de cette sorte. Pas le genre intello, Monique, avec sa moto, la varappe en été, la maçonnerie dans une bicoque donnée par sa grand-mère, là-bas, du côté de Châtillon-sur-Loire, au bord du canal. C'est là qu'elle avait fêté ses trente ans, ils devaient être une cinquantaine parmi les tonneaux, les feux pour griller la viande... Jamais Manuel n'avait été si saoul. Fatigante, Monique. Et angoissée, bien sûr...

Bref : le démon du discours. Oui, c'était cela qui les réunissait, Xeni et lui, davantage que ne les éloignaient leurs idées souvent différentes ou adverses.

Personne ne parlait comme Xeni, hormis peut-être Diogène ou Savonarole. Il disait :

« Pour commémorer la Révolution, j'aurais préconisé qu'on guillotine un bouc, publiquement, place de la Concorde. Non pas dix mille personnes ; pas même cent par jour. Non pas un roi de trente-neuf ans, une reine de trente-huit. Non pas deux jeunes filles devant leur père, M. de Malesherbes, avant qu'il ne monte sur l'échafaud à son tour, pour le seul crime d'avoir proposé d'être l'avocat de Louis XVI. Rien de tout cela : un bouc. Histoire d'entendre les hurlements des belles âmes. »

Ou bien encore :

« Les intégristes islamistes sont vraiment des cons. Au lieu de flanquer des bombes dans le métro, ils devraient attaquer le Paris-Dakar à la mitrailleuse, et ne pas laisser un seul survivant. »

Ou ceci :

« Je connais tel bistrot parisien, très fréquenté par la petite bourgeoisie pensante, et décoré dans le style chinois. Il y a des portraits de Mao sur les murs. Réfléchissez bien à cela, des portraits de Mao. Maintenant, supposons que le bar espagnol de la rue Daunou affiche le portrait de Franco, pour faire espagnol. Combien de temps avant que ce ne soit mentionné dans la presse, pour illustrer la montée du fascisme ? »

Un soir il les avait arrêtés sur le bord du trottoir, à hauteur d'une voiture tout-terrain à quatre roues motrices. Le modèle s'appelait : Cherokee.

« Vous savez comment ont été liquidés les Indiens Cherokees ? Et les Cheyennes ? Et les Sioux ? Parfait. Supposons maintenant que Hitler ait gagné la guerre. Nous vivrions dans une Europe nazie, un nazisme adouci puisque victorieux. Et comme tout serait aussi devenu du folklore, il y aurait un 4 × 4 qui s'appellerait Ghetto, ou bien une berline familiale Judéo. Les Aryens y feraient monter leurs mignons petits enfants blonds pour aller se promener dans le *Lebensraum*. Et personne ne s'indignerait. Sauf moi, peut-être. »

Que disait-il encore ? « Les antiracistes que je connais appellent volontiers leurs gamins Kevin, Jonathan ou Ellen. Mohammed ou Babacar, jamais. »

Manuel se souvenait du jour où il s'en était pris, devant témoins, à une de ses amies — une amie de Monique, justement, cela avait fait toute une histoire —, qui parlait de la guerre dans l'ex-Yougoslavie.

— Milosevic, c'est Hitler ! Pourquoi tu dis que Milosevic c'est Hitler ? Parce que tu l'as vu écrit en gros sur une affiche ? Alors on te dit quelque chose, comme ça, en l'écrivant bien gros, et toi, tu le crois ? C'était bien la peine que tes parents te fassent faire des études ! Allez, parlons cinéma, ça vaudra mieux...

Il avait une façon qui n'appartenait qu'à lui de se jeter au passage sur un propos, innocemment lâché par le premier venu, peut-être un lieu commun, certes, ou quelque chose qu'on pouvait discuter, mais enfin l'usage veut qu'on n'en fasse pas tout un plat — et il s'en emparait, il ravageait à boulets rouges le malheureux, la malheureuse; il s'acharnait sur une proie qui se perdait à mesure qu'elle voulait se défendre.

Tel était l'esprit de Xeni. Malars s'amusait de ces sorties comme d'autant de bonnes blagues. Manuel, plus réservé, constatait tout de même une chose : pour surprenants ou choquants qu'ils parussent, ils avaient leur logique et ne ressemblaient à rien de ce qu'on pouvait entendre, où que ce fût, alors qu'il y a tant d'opinions qui se déversent, qui se baladent, qui se rengorgent.

Seulement il faut bien que le discours, à un moment ou à un autre, atterrisse dans les faits. Or il n'y a qu'une seule réalité à laquelle s'affronter sans tricher : non pas le monde, mais soi-même. Ne serait-ce que physiquement. Surtout physiquement.

Manuel possédait encore ses haltères, ses extenseurs, cadeaux de Monique. Il n'y touchait plus tellement.

Quand même : il avait été fait par cette fille; forgé, réorienté. Et plutôt bien, en somme. Il ne s'en plaignait pas.

Son coup de génie, avec elle, avait été de ne pas croire au personnage qu'elle se donnait. La première fois qu'il l'avait vue, il avait vingt-deux ans, il ne savait rien d'elle, pas même son nom;

elle ne l'avait pas regardé, elle parlait moto, riait, faisait du bruit, enfin il lui semblait qu'elle se faisait remarquer, et lui, pris d'une inspiration soudaine, s'était planté en face d'elle, hilare :

— Pourquoi tu t'agites comme ça ? Tu n'es donc jamais fatiguée ?

Elle l'avait assez mal pris (qui c'est celui-là, qu'est-ce qu'il me veut ?), et c'était comme ça qu'ils s'étaient dragués. Des années durant. Elle, s'accrochant à ce qu'elle avait résolu d'être, lui, montrant bien qu'il n'était pas dupe, connaissait ou devinait les insomnies, les angoisses. Elle, tour à tour exaspérée et rassurée de se savoir percée à jour ; et exigeant de lui, par compensation, ce qui lui était le plus difficile.

Quinze ans comme ça, il y avait bien de quoi avoir envie de souffler...

Bien, bien. Le démon du discours. Il en était au démon du discours.

Il y avait pire, en somme, que les diatribes de Xeni, pire que leurs conversations qui étaient, bien souvent, celles de l'impuissance (mais pourquoi vouloir régner sur le monde, régner sur le présent ?) ; il y avait ce déversement fatigant, inutile, médiocre de paroles qui n'exprimaient, elles, ni le désir, ni la pensée — et dont toute la ville était faite, car la cité des hommes n'est faite que de mots ; et plus il y en avait, plus il en surgissait de toutes parts, des opinions, des théories, des récits, des prophéties, des mais, des si, plus leurs sens et valeur se perdaient, moins on y ajoutait foi...

Les insomnies de Monique, et le corps de Monique. Au moins, c'était du vrai.

XV

Malars avec son loden et son gros cartable, légèrement courbé, pensif, sur le boulevard Saint-Michel plein de boutiques ineptes et d'étudiants de toutes couleurs. Jérôme, son air d'avoir dormi dans sa vieille veste. Manuel, silhouette insolite au milieu du pont de la rue Caulaincourt, où nul autre que lui ne s'attarde. Oui, ce sont peut-être bien la démarche, la dégaine, qui en disent le plus long sur les hommes. Sur Xeni, l'allure calculée, sans lenteur — une certaine retenue cependant — de celui qui s'avance au milieu de dangers potentiels, et qui observe. La tranquillité de qui est prêt au combat. Le regard distancié qu'il pose sur tout et sur tous, quitte à adopter, une fois pris son parti, soit l'affabilité, soit la distance, l'une et l'autre impeccablement signifiées.

Tel, il traverse un soir les jardins des Halles en direction de l'église Saint-Eustache.

Misérable, misérable. Et qui le sait ?

Ces moments de la vie qu'il eût fallu gommer... Détruire au lance-flammes. Ce qu'il avait fallu être, ce qu'il avait accepté d'être. Ce qu'il ne pouvait pas ne pas accepter d'être. La consternation qui l'envahissait à certains souvenirs. Oh non, gémissait quelque chose en lui, comme on dit non en rêve aux bourreaux qui vont vous trancher le bras, vous êtes condamné.

Changer le passé : une nécessité, assimilable au souhait de s'anéantir.

C'est nous-mêmes pourtant que nous condamnons. Sommes-nous donc quelqu'un d'autre que nous ? Mais qui ?

Ils ne sauront jamais ces pensées-là, la consternation, l'horreur de soi. Ils ne sauront pas, même les meilleurs d'entre eux, ceux qui l'aiment.

Il franchit le tambour, et reconnaît l'odeur des églises, odeur d'encens, de bénitier croupi, odeur d'enfance. L'ombre toute hantée d'une lumière incertaine dont on peine à déceler d'où elle provient.

Il marche dans le bas-côté. La messe du soir va commencer bientôt, les rangées de chaises se remplissent.

Il ne vient pas à l'église pour prier, pour chercher Dieu. « Mais si, dirait tel chrétien, seulement il ne le sait pas. » Beaucoup de chrétiens sont comme les psychanalystes : vous dites non, et ils n'y voient qu'une dénégation significative, qui renforce leur point de vue. Ah, ils ont tous leur idée... Tous.

Et Gina ? Quelle idée aura-t-elle ? Dans quel récit l'installera-t-elle, le reconstruira-t-elle, un jour ou l'autre ? Car une chose est sûre : un jour il sera loin d'elle, il sera un souvenir, et l'on reconstruit laborieusement les souvenirs.

Il en était à ce moment où, la rencontre ayant eu lieu sous l'effet d'une séduction en quelque sorte accidentelle, on ne sait pas encore quel masque jettera l'autre, ni à quel moment, ni pour révéler quel visage. Il avait connu tellement de ces déceptions, de cette banalité, parfois dès la première heure, le premier dîner.

Pas étonnant que tous les hommes fussent attirés par elle ; son esprit sincère et gai annonçait la même généreuse aptitude aux caresses que ses épaules, ses hanches. Le premier soir — peut-être même avant — il avait aperçu dans ses yeux cette lueur qui semble venir de loin, et dans laquelle il y a un sourire, un acquiescement, non pas à ce que l'on dit, non pas à ce que l'on fait, parce que tout cela ce sont encore les autres, c'est l'enrégimentement du monde et son jacassement, sa guerre, ses besoins multiples, son bien, son mal, ses passages à tabac — une lueur ironique, qui se fout de tout ça, qui dit je te connais, toi, je te connais, aime-moi, aimons-nous, nous sommes à cet instant le salut l'un de l'autre, et tu le sais.

Autrefois il prenait feu, il n'hésitait pas, il y croyait à tous les tours. Mais il avait déçu et il avait été déçu. Tout le monde déçoit. Les gens ne sont pas à la hauteur du désir. Les trois quarts des gens sont comme tout le monde.

Lui, il était pire, il était impossible.

Et il lui parle encore, en secret, comme à une inconnue : « Se pourrait-il que votre esprit, Gina, fût touché par la même grâce que votre corps ? »

Se pourrait-il qu'elle découvrît sans dégoût, une fois dissipé le miroitement des apparences, la construction sociale, le jeu qu'on joue par fatalisme, peut-être même par courtoisie, l'authentique mendiant qu'elle avait convoqué ?

Toi qui mets dans les yeux et dans le cœur des filles
Le culte de la plaie et l'amour des guenilles

Elles étaient vraiment comme ça, les nanas, au temps de Baudelaire ? Eh ben dis donc.

Il continue sa progression sous les hautes voûtes. Pensée amicale pour Jérôme devant la sépulture de Vaugelas (1585-1650, auteur des *Remarques sur la langue française*). Il l'aime bien, ce Jérôme. Il proposera à Manuel et à Jean de l'inviter un soir à dîner avec eux. On rencontre des hordes de consternants imbéciles, qui sait, pas même imbéciles, seulement décourageants, décourageants comme tout le monde encore une fois, et de temps en temps quelqu'un qu'on aime bien, on se demande pourquoi.

Il retourna se ranger comme le publicain vers un pilier du fond. Il ne se reconnaissait pas le droit d'une place au centre. Il était aussi athée qu'on peut l'être, mais il y avait ceci : il se plaisait à regarder les femmes pendant la messe, et ce n'était pas un amusement vulgaire. Il les aimait alors. La moindre était transformée, magnifiée.

Il en repéra une, trente-cinq ou quarante ans, mini-jupe, collants et pull mauve, les yeux maquillés, le visage marqué. Le type de la radasse de quartier, de la pécheresse, c'était presque trop évident, caricatural, mais c'était comme ça. Il arrive que la réalité ressemble à un stéréotype. Et cette fille venait à la messe et priait, trois rangs devant lui. Il fut bouleversé. De même par cette sage petite dame en tailleur et lunettes, les cheveux blond cendré en un ordre parfait. De jolies jambes, l'oreille et le cou délicats, et cette sagesse de la prière. De même... toutes. Il s'interrogeait une fois encore sur ce mystère, cette transfiguration apportée par le calme, la dignité, le recueillement. Cela ne les désincarnait pas : il aurait volontiers — sitôt dit l'*Ite missa est*, enfin ce qui en tenait lieu — embarqué la pouffe ou la petite-bourgeoise, ou les deux, dans le premier hôtel venu. La jolie madame en tailleur, qu'est-ce que cela donnait quand elle faisait l'amour ? C'étaient des femmes bien réelles, avec tout ce que comporte la réalité de compliqué ou d'incertain, de beau ou de laid, de séduisant ou de lassant — et l'énigme résidait dans cette lumière, cette splendeur intérieure dont les imprégnait la prière. Toute la grandeur et la supériorité de la religion catholique, à ses yeux de mécréant, résidaient en ceci : jamais la pétasse moderne, avec son jogging, ne trouvait cette dimension dans les rites contemporains.

Il n'y avait qu'à voir ce qui restait de la femme et de l'homme, sur les affiches publicitaires qui peuplaient désormais le monde. Ah, elles pouvaient râler, toutes, contre l'« utilisation des femmes » ! Et l'homme, alors ? Cet abruti avec son rasoir, son gel pour la douche, ses gencives ? Est-ce que ce n'était pas une injure quotidienne ?

L'âme humaine, transmigrée dans le monde d'aujourd'hui, tombait.

Il n'était pas trop dupe de cette idée ; il s'en amusait plutôt ; c'était le genre de point de vue à soutenir pour emmerder le monde. Tiens, il en parlerait à Gina. Il verrait bien quelle serait sa réaction.

C'était presque comme s'il attendait la déception, comme s'il la cherchait. Que dirait-elle de lui, un jour ou l'autre ?

Elle n'avait pas le nouvel accent : c'était déjà quelque chose.

Sur quoi l'image d'une madone vint le frapper comme la foudre, et il ferma les yeux.

XVI

Alors, que se passe-t-il vraiment ? Quel récit construire — et d'abord, le récit de quoi, puisqu'on ne sait pas très bien ce qui se passe ? La gare Saint-Lazare, ces hommes perplexes, leurs préoccupations singulières... Quelle est l'intrigue ? Les intrigues ne sont pas dans les romans, mais dans les faits, dans la vie elle-même, dans les êtres, comme sont dans les corps les maladies et les jouissances. Nous en percevons ici et là quelques conséquences ou symptômes.

Aux yeux de Manuel, Xeni est une preuve qu'il se passe quelque chose. Ce monde est ébranlé, puisque Xeni le dit.

En 1963, un officier d'une trentaine d'années, du nom de Chan Shee Fu, se vit autorisé par le gouvernement de la Birmanie à prendre la tête d'une des milices armées appelées Ka Kwe Ye (KKY), afin de mener la lutte contre les maquisards et les trafiquants de drogue des pays shans, une zone de montagnes, à l'est du pays, frontalière de la Thaïlande et du Laos.

Né lui-même dans les États shans, il se disait fils de notables locaux, serviteurs d'un *saoba* (prince héréditaire), et de sang aristocratique par sa mère. D'autres le disaient chinois haw, c'est-à-dire descendant d'émigrés du Yunnan; mais, quoi qu'il en fût, il avait grandi dans ce pays impénétrable, que longe à bonne distance la voie ferrée de Lashio à Mandalay, fait de vallées étroites et de collines où, passé mille mètres, les pétales mauves s'épanouissaient par millions dans les frais brouillards matinaux.

Traditionnelle en pays shans depuis le temps de la présence anglaise, la culture du pavot y florissait alors d'autant plus que la Chine et l'Iran, chacun pour ses raisons, l'avaient réprimée sur leur territoire. Elle y nourrissait diverses bandes armées : autonomistes shans, karens, kachins, lahus et d'autres ethnies, ainsi que les débris des VIIIe et XXVIe armées de la Chine nationaliste, que soutenait l'Amérique et qu'on appelait KMT (initiales de Kuo-min-tang). Les chefs de ces différents groupes se comportaient en seigneurs féodaux, contrôlant le trafic, installant des péages aux gués des rivières, prélevant leur impôt sur tout objet importé dans la région, s'adonnant entre eux à un jeu complexe d'alliances et de contre-alliances. Transportée par des caravanes de mulets sous la surveillance d'hommes en armes, la drogue gagnait par des itinéraires secrets les pays voisins, et de là les grandes villes du Sud-Est asiatique, Vientiane, Bangkok, Kuala Lumpur, où les triades chinoises et autres mafias exotiques prenaient en charge son exportation vers le reste du monde.

Tel était le décor où s'avança Chan Shee Fu, investi d'une mission officielle. Quatre ans plus tard, à l'issue d'une bataille rangée qui eut lieu à Ban Khwan, au Laos, sa troupe fut défaite par l'armée régulière laotienne du général Ouane, aidé pour l'occasion par le KMT, alors qu'elle acheminait à travers le pays une caravane de seize tonnes d'opium brut. Au soir, Chan Shee Fu, capturé, fut livré à la Birmanie et jeté en prison.

Il faut croire qu'il avait su faire naître d'admirables fidélités : en 1973 — six ans avaient passé —, deux médecins soviétiques, enlevés à l'hôpital de Taungyi, constituèrent le denier de sa rédemption, et il fut libéré.

Il regagna ses montagnes, prit le nom de Khun Sa qui lui venait de sa mère (disait-il), se remit à la tête de ses troupes, qu'il rebaptisa Shan United Army (SUA); et ce fut sous la bannière du peuple shan opprimé qu'il reprit et accrut le trafic.

Sa ruse, sa cruauté, son autorité, son intelligence devaient en faire en peu d'années le maître du Triangle d'or. À la fin des années quatre-vingt, il contrôle les quatre cinquièmes de la production d'héroïne brute — deux mille à trois mille tonnes par an —, ainsi que la quasi-totalité des laboratoires clandestins. Son armée s'est accrue jusqu'à dépasser dix mille hommes, cantonnés à Ban Hin Taek (Thaïlande), dans un quartier général muni de batteries anti-aériennes et de missiles sol-air. L'entretien de cette force militaire lui coûte chaque année de trois à cinq millions de dollars, ce qui n'est qu'une modeste part de ce que lui rapporte la drogue. Il reçoit la presse et la télévision, se laisse filmer en train de jouer au football avec les petits villageois, fait découvrir aux reporters ses œuvres sociales : écoles, temples bouddhiques, lopin de terre pour chaque famille. Il s'amuse bien. Il est épanoui. Il déclare être à même d'interrompre la production de drogue, à condition qu'on lui verse suffisamment d'argent pour « désintéresser » les paysans.

Lorsqu'il se sent serré d'un peu trop près par l'armée thaï, il regagne la Birmanie ; lorsque Rangoon le menace, il file au Laos. Lorsque court la rumeur de sa mort, il reparaît... Et lorsque le gouvernement birman s'inquiète de la guérilla communiste qui agite également la région, Khun Sa lui offre ses services : lui seul sait où l'atteindre ; il la tient en respect ; il se garde bien de l'anéantir.

Tel est Chan Shee Fu, alias Khun Sa, en qui Xeni voit un personnage nietzschéen.

On dit que trop de gens profitent du trafic, en Birmanie comme en Thaïlande, pour qu'il soit vraiment combattu. On dit que les gouvernements locaux hésitent à priver de cette ressource les habitants des collines, de peur de les pousser dans le giron des révolutionnaires marxistes, lesquels, du reste, sont aussi entrés dans la danse. On dit encore que la Thaïlande rêve d'un grand complexe de casinos et d'hôtels, susceptible le moment venu de relayer Macao, et que ce rêve rencontre opportunément les capitaux de la drogue... Que ne dit-on pas ? Ce monde se raconte dans tous les détails, entasse les rapports, les repérages, les chiffres, les livres. Mais parlons de lui.

Le moment décisif, dans la vie de Chan Shee Fu, est celui de son retour en pays shan, après les années de prison. Jusqu'à son arrestation à Ban Khwan, il n'est guère qu'un soldat dévoyé, un larron créé par l'occasion. C'est un autre homme qui revient quelques années plus tard ; d'ailleurs, il s'est rebaptisé. Lecteur ou non de Nietzsche, il ne fait pas de doute qu'à partir de cette époque il met en œuvre une stratégie très calculée, visant à créer autour de sa personne un mythe entièrement ironique. Tout se passe comme s'il avait compris comment réagissent les journaux et les télévisions du monde entier, c'est-à-dire l'esprit du monde entier.

Il se donne pour une sorte de Guevara de l'Asie du Sud-Est; il s'affiche, souriant, entouré de très jeunes filles très complaisantes; il se procure à son gré les armes qu'il convoite; bref, non seulement il produit et vend la drogue, mais en plus, au sens le plus courant du terme, il se fout du monde. Il démontre par là que ce n'est pas la force qui gagne, mais le courage de tout braver. Nous lui opposons un petit juge de Brooklyn, qui l'inculpe : « trafic de substances prohibées ». Il nous démasque, niaisement scandalisés et incapables de réagir alors même que nous en aurions la force. Par là il se range au nombre restreint des hommes qui disent quelque chose, non avec des paroles, mais avec des actes, choquants, surprenants, provocants, et que ne comprendront jamais les moralistes laborieux. On peut les réprouver : ils n'en forcent pas moins l'admiration.

Xeni va juste un peu plus loin. Il ne dit pas :

« Il force l'admiration. » Il dit : « Cet homme est admirable. »

Malars, pensif :

— Il se paie le luxe d'être le Diable... Les réactions dont tu fais état prouvent que notre temps voit en lui le Diable. Autrement dit, il nous prouve que nous croyons au Diable ! Et c'est sans doute ça qui nous agace : notre temps ne croit pas, ne veut pas croire, qu'il croit au Diable... Nous avons la crédulité de ne pas nous croire crédules ! Pourtant, il n'y a pas là de quoi avoir honte. Il n'est peut-être pas si bête que ça de croire au Diable : c'est en le niant que l'homme se livre à lui...

Il est un autre moment dans la vie de Chan Shee Fu qu'on aimerait pouvoir revivre : c'est, au début de sa carrière, celui où, représentant armé et accrédité des autorités de Rangoon, il rompt avec la légalité, passe de l'autre côté, se transforme en trafiquant ; il faudrait tout savoir de ce moment de la trahison, des amarres rejetées, ce moment déjà lointain des années soixante. Peut-on lui supposer d'autres mobiles que la simple amoralité, la cupidité ? Chan Shee Fu diffère-t-il, sur le fond, de n'importe quel gangster ? On dit encore que vers 1958 ou 1959, les pays shans connurent la révolte, l'émeute. Chan

Shee Fu a vécu cela. Quelle empreinte en a-t-il gardée ? Son comportement durant les années soixante-dix est celui d'un homme qui a réfléchi à ce qu'était le monde.

Xeni n'en sait pas plus que nous sur la vérité de Khun Sa. Ce qui opère n'est pas Khun Sa lui-même, mais une image télévisée. Nous ne savons guère ce qui nous regarde à travers le masque ironique de Khun Sa. Il faudrait avoir vécu sa vie; les après-midi de son enfance. Il faudrait savoir quels propos il a entendus; quelles croyances et légendes se sont proposées à lui; quelle femme était sa mère; il faudrait parler sa langue; savoir quels sont les mots les plus décisifs de son lexique, et qu'il n'a peut-être pas identifiés lui-même (nous ne savons pas quels sont les mots ou les concepts fondamentaux de notre vie individuelle). Pouvons-nous nous représenter la vision du monde d'un enfant shan de 1930 ou 1940 ? Nous documenter, en construire une version plausible, oui; mais vraie ? Est-ce seulement imaginable ?

Et de Xeni ?

XVII

— Le fait est que cette idée de lacune soulève bien des questions... Au fond, il serait utile d'écrire une histoire de la notion de lacune...

Comme l'avait supposé Manuel, la constitution du récit, le rapport du récit avec ses propres vides se sont révélés des thèmes sur lesquels Malars a quelque chose à dire.

Manuel le regarde avec amusement rentrer dans son personnage d'historien. Les historiens ne manquent jamais d'invoquer le livre ou les livres qu'on pourrait écrire ; qu'il faudrait écrire ; qui reste(nt) à écrire. À les entendre, on serait porté à conclure que tout ce qu'ils écrivent est de la fichaise, puisque « on ne dispose pas » de ceci, de cela, puisqu'« il faudra bien quelque jour entreprendre » ceci, cela, et qu'en attendant tout ce qu'ils étalent à longueur de livres n'est qu'hypothèses provisoires... Ils sont les fourmis du temps révolu. Ils ne se découragent jamais.

— J'ai regardé l'histoire du mot... Le terme *lacune* provient des sciences naturelles. Au figuré, dans le sens d'interruption, de chaînon manquant dans un texte, une série de faits, la notion est ancienne... L'adjectif *lacunaire*, lui, n'apparaît qu'au début du XIXe siècle. Cela veut-il dire qu'on éprouve davantage alors le besoin de recourir à cette idée, qu'on en sent davantage l'importance ? Ce n'est pas impossible... C'est l'époque des grandes avancées de l'archéologie, l'école des Chartes est fondée en 1821... On pourrait imaginer que toute la réflexion sur l'histoire n'est rien d'autre que la désignation de nouvelles lacunes. Peut-être les événements révolutionnaires ont-ils aussi joué leur rôle : des centaines de Mémoires paraissent durant la Restauration et la monarchie de Juillet. On s'aperçoit que les versions des faits se contredisent, suivant ce que tel ou tel acteur a pu voir, ce à quoi il a ajouté foi, ses passions politiques... Et c'est au beau milieu du siècle que s'esquisse le roman policier. C'est très frappant : « Double assassinat dans la rue Morgue », de Poe, et *Une ténébreuse affaire*, de Balzac, sont de la même année : 1841. Ces deux œuvres très différentes touchent à la même conscience du caractère hypothétique, obscur ou incompréhensible de ce qui s'est passé, de ce que renferme le temps... Le roman cesse de se fonder sur le fait positif. Il est difficile de généraliser, mais personne ne paraît s'être avisé, auparavant, que l'énigme et l'enquête puissent être, en elles-mêmes, porteuses de péripéties... Vers 1850, nous avons aussi cette étonnante nouvelle de Barbey d'Aurevilly, où l'on soupçonne un assassinat... Et la nouvelle s'achève sans qu'aucune explication soit apportée à ce meurtre seulement probable ! Il faut noter aussi que ce mouvement, cette prise de conscience du caractère insaisissable, inaccessible du passé, a lieu dans les décennies qui précèdent la psychanalyse. Mais au fait, pourquoi tu t'intéresses à ça, toi ?

— J'ai demandé les Renseignements généraux. Section des communautés étrangères, autrement dit des immigrés. C'est compliqué à comprendre, et ça fait chier tout le monde, si bien qu'on te laisse bosser à ton idée... Alors je réfléchis à ça : comment on se débrouille pour raconter une situation donnée, à quel moment et pourquoi on laisse un vide... Disons que ça m'occupe l'esprit, parce qu'on ne m'en demande pas tant...

— Bien, bien... Il y a aussi à cette époque l'apparition de la préhistoire : Buffon savait déjà que la Terre ne pouvait pas vraiment avoir été créée à la date du 26 octobre 4004 avant Jésus-Christ. Avec Thomsen et ses successeurs, les fouilles de détritus, la stratigraphie, ce sont à chaque instant des millénaires, des dizaines de millénaires qui se déploient devant l'esprit... Autrement dit, des millénaires de lacune! Il faut tenter de rendre compte de tout ce temps inconnu et immense... Alors, oui, la notion de lacune...

XVIII

Déjà, elle savait que la rencontre de Xeni, ce qu'elle éprouvait envers lui après quelques semaines, allait être un problème dans sa vie.

Elle n'avait d'abord prêté à ses opinions qu'une oreille distraite. Elle n'était pas indifférente aux sujets à quoi celles-ci touchaient de préférence. Elle pensait même avoir des convictions. Mais elle ne prenait guère d'intérêt aux conversations politiques ou assimilables ; et surtout, dès le premier jour, elle avait considéré qu'il parlait d'autre chose que ce dont il prétendait parler. Elle avait quelquefois répondu, et même assez vertement, ne voyant pas très bien, par exemple, pourquoi la peine de mort garantissait mieux la dignité de l'être humain, surtout en remplaçant la guillotine par le peloton d'exécution. Seulement il était capable aussi de dire autre chose, et qui marquait :

— Qu'on arrête de nous gonfler à longueur

d'ondes à cause de Pétain et de la soumission des Français, et de Le Pen, et tout le toutime. Là, maintenant, à cette minute, le peuple irakien dans son ensemble est en train d'être méthodiquement, cyniquement torturé par la faim, par la privation délibérée de tout, y compris de lait pour les bébés, tu comprends ce que ça veut dire ? et ceci en notre nom, avec la complicité indiscutable des grands humanistes de gauche qui nous gouvernent, et tout le monde s'en branle ! Qu'est-ce qui a changé, tu vas me le dire ? Que ça se passe à cinq mille bornes d'ici ?

Oui... Mais en même temps il parlait d'autre chose et souffrait d'autre chose. Moins que dans telle ou telle opinion excentrique, l'anomalie était la place primordiale, qu'elle mesurait peu à peu, occupée par ses opinions dans sa vie. Il en était à ne plus supporter le monde qui l'entourait.

Puis elle retrouvait celui dont elle n'osait pas encore se dire qu'elle l'aimait, c'était bien tôt encore ; elle retrouvait la robustesse douce de la voix, le soin qu'il prenait de mille détails et qui s'appelle l'élégance, la qualité d'un homme au-dessus de son pantin social, la solitude orgueilleuse de celui qui ne se résigne pas à n'importe quoi... Mille choses infimes, son goût pour les trains de nuit, pour l'eau glacée, les conseils qu'il lui donnait pour reposer les yeux...

Déjà elle constatait qu'elle ne parlait de lui à personne. Pourquoi ? Elle avait des amies à qui, en général, elle ne cachait pas grand-chose de sa vie amoureuse. Pour une fois, elle se tut, lâchant seulement avec un sourire dubitatif :

— Je ne m'intéresse qu'à des hommes impossibles... Intenables. Ce doit être le fait d'avoir eu un père un peu chtarbé...

Chtarbé : atteint. Peut-être, par dérive sémantique, de l'allemand *sterben*, mourir. Le père de Gina n'avait pour ainsi dire jamais vécu près d'elles, sa mère, ses deux sœurs aînées. Il ne figurait pas dans ses souvenirs d'enfance. Un jour, elle allait avoir dix ans, il avait vendu sans les avertir la maison, qui lui appartenait. Elles avaient été virées par les huissiers.

Cela se passait vers 1975 dans le val d'Aoste. Elle regrettait encore cette grande baraque malcommode, fruit d'aménagements successifs, où la cuisine était au premier étage entre deux chambres. Elle avait eu là sa cachette, un placard du second recelant sa collection de pierres et la maison de ses poupées aménagée dans un vieux buffet sans portes. On avait dû renoncer au vieux buffet sans portes... Elle n'avait jamais retrouvé l'odeur de ce placard, poussière et plâtre décollé, et par moments aussi, il fallait bien le dire, les remontées du gros tuyau d'évacuation accroché à la façade...

Toujours est-il que tout la convie à imputer à ce père impalpable les contradictions qu'elle éprouve entre sa raison et ses désirs. Elle n'y croit qu'à demi. Cela tient de la psychologie pour hebdomadaires féminins. On a bricolé à partir des théories de Freud une espèce de vulgate, dont il faut croire que les femmes sont de grosses consommatrices, puisqu'on la leur sert et ressert à la louche. Gina a des amies très branchées sur ce genre de choses. Mais n'est-ce pas là un simple succédané de l'astrologie, pour celles qui sont un peu plus instruites que d'autres ? C'est un récit que l'on propose aux gens pour les aider à se rendre compte d'eux-mêmes, à mettre un semblant d'ordre dans leurs troubles intérieurs. C'est probable. C'est vendable. Ça passe. Mais qu'est-ce qu'on en sait ?

XIX

Jean de Malars s'était donc mis à étudier de près la Restauration, la vie et la politique de Louis XVIII, l'aventureuse biographie de Charles Fabvier.

Le jugement qu'on pouvait porter sur Louis XVIII, c'était donc vraiment un problème grave et digne d'intérêt, hors du cercle étroit des préoccupations historiennes ? Il se répétait que non ; il aurait juré que oui. Il voyait là tout ce qui sépare la curiosité et l'équité du je-ne-veux-pas-savoir, de l'indifférence, du préjugé : donc, à tout le moins, quelque chose d'élevé d'un point de vue intellectuel et moral. Mais certainement, aussi quelque chose d'important, dont les enjeux persistaient ici et maintenant. De quelle manière ? À voir.

Durant un quart de siècle ballotté d'exil en exil, d'humiliation en vicissitude, Louis XVIII remonte sur le trône, vieux et malade, ramené

« dans les fourgons de l'étranger ». Tel est le péché originel qui ne lui sera jamais pardonné. Pourtant, ce roi qui hérite un pays vaincu, ruiné, saigné d'un million d'hommes, mis au ban de l'Europe, prêt à la guerre civile, laisse en mourant, dix ans plus tard, une France pacifiée, prospère, ayant retrouvé son rang et sa voix dans les grandes affaires internationales, et dont la vie politique comporte des partis et journaux d'opposition, des interpellations à la Chambre, des ministères qui tombent — autrement dit, et pour la première fois en France, fût-ce sous une forme restreinte, ce qu'on appelle une vie démocratique.

C'était là du moins un récit possible de Louis XVIII ; et qui prouvait bien, comme le disait Manuel, que le choix et l'ordonnancement des faits leur confèrent seuls une signification. On pouvait aussi sélectionner d'autres éléments, et construire l'image d'un monarque borné, poussiéreux, livrant la France aux émigrés et aux jésuites. On pouvait mettre en relation l'accession de Louis XVIII au trône avec la « Terreur blanche » qui se déchaîne à ce moment dans diverses régions, en particulier le Midi, et en imputer les crimes à la monarchie restaurée. Mais si l'on s'intéressait par exemple aux événements de Toulouse — l'assassinat par les ultras du général Ramel, gouverneur militaire nommé par Louis XVIII —, on devait bien convenir que la Terreur blanche n'est pas imputable au gouvernement puisque à l'occasion elle s'établit contre lui, dans la surenchère, le sabordage, la provocation. Mille détails du règne attestaient, pour qui voulait bien l'examiner, la résistance (pas toujours victorieuse) du monarque aux exigences des ultras, menés par son propre frère le comte d'Artois, le futur Charles X.

Tout cela exigeait du temps, des lectures, des scrupules. Évidemment, lorsqu'on se contentait de faire un sondage du jour au lendemain... Tout homme pourtant avait droit à cette équité du récit.

— Tout se passe, disait-il, comme si les gens d'aujourd'hui considéraient que les morts n'existent plus, qu'il n'existe que les vivants. C'est une étrange croyance! La permanence, la présence des morts est évidente. Ce n'est pas une image, c'est un fait. Ils nous hantent, frappent à nos volets. Ils voudraient qu'on les entende. Ils sont morts, les pauvres, c'est déjà si triste; si on leur ôte en plus le souvenir et la justice, que leur restera-t-il?

Cependant, autour de l'événement central du boulevard des Italiens, le 31 mars 1814, les projets de Jean s'étaient compliqués. En même temps qu'il se proposait de plaider la cause des Bourbons, il s'était pris d'un vif intérêt, on peut même dire d'une forte sympathie, pour le personnage de Fabvier, lequel allait devenir bientôt un opposant déclaré à la politique de Louis XVIII et au régime dans son ensemble. Jean les appréciait tous les deux, il admirait leurs courages différents. Il lui apparaissait que ces deux hommes, chacun à sa place, avaient fait leur devoir et servi leur pays, si paradoxal que cela pût sembler puisqu'ils s'étaient opposés... Le cœur de son sujet, il le sentait, était précisément dans ce paradoxe.

Quant aux Malars, ils s'en tiraient fort mal, des deux côtés. Plus il y songeait, moins l'injure odieuse et basse du cavalier de 1814 lui paraissait rachetable. Jean ne voyait plus très bien, en somme, quel livre il voulait faire, ni pourquoi.

XX

Manuel regarde la belle collègue. « J'ai tort quand je me dis que j'ai envie de coucher avec elle. Ce dont j'ai envie, c'est qu'elle s'occupe de moi; qu'elle soit gentille avec moi; qu'elle me réserve un traitement de faveur; que pendant un temps indéterminé elle ne regarde que moi. »

Tel il voit le désir de l'homme. Mais il se souvient aussi d'avoir obtenu cette faveur-là, un peu plus même qu'il ne l'eût désiré, et de s'en être impatienté.

— Dis donc, toi, tu as bientôt fini de me lorgner ?

— Pardon. Mais tu sais, quand on regarde une femme, il ne faut pas croire qu'on est en train de détailler les fesses, tout ça...

— Tu parles.

— Non, c'est autre chose.

— Et quoi ?

— Le charme... la grâce... la douceur. Quelque chose dont je ne sais pas le nom.

— Pff !

Elle a baissé le nez sur ses paperasses, puis le regarde à nouveau. Il continue :

— Le vieux Schopenhauer était un fumiste. Il a expliqué que les femmes représentent le vouloir-vivre universel, qu'elles nous soumettent à lui, parce qu'elles inspirent notre désir. Seulement il n'a pas expliqué pourquoi elles inspirent notre désir. Ni pourquoi certaines ne nous l'inspirent aucunement. Ni pourquoi ce ne serait pas l'inverse, les hommes qui soumettent les femmes au vouloir-vivre universel. Quand on lui faisait remarquer ce genre de contradictions, tu sais ce qu'il répondait ?

— Non.

— Il haussait les épaules et grommelait : « Qu'est-ce que vous voulez, je n'ai pas pris sur moi de résoudre toutes les énigmes de l'univers ! » Les philosophes ne sont pas sérieux.

Voilà qui n'a pas l'air de la bouleverser, la jolie collègue. Schopenhauer a dit des conneries, eh ben oui, et alors ? Les gens, ils s'en foutent, que Schopenhauer ait dit ou non des conneries. Il n'y a qu'une certaine catégorie de malades pour s'intéresser à ça...

Bon, de toute façon, elle a un mari, celle-là

aussi. Putain, le mari !... Toutes avec le mari, à vous asséner le mari à la première occasion. L'air de dire, hein, je vous avertis tout de suite. Le mari, ou la plus grotesque invention de toute l'histoire humaine. Suffit de prononcer le mot, on voit déjà l'imbécile, le roquet. Sa voiture, sa femme, sa tondeuse à gazon. « Association de lutte contre le mari. » Nous réclamons une loi qui réglemente l'usage du mari sur les lieux de travail. Instauration d'une taxe sur les maris ! Obligation pour toute femme de cocufier au moins trois fois son porte-bourses durant sa carrière conjugale ! Carnet d'adultère à l'appui !

C'était bien la peine d'avoir jacté pendant trente ans sur la libération sexuelle pour en arriver là. Manuel était ce qu'on peut appeler un garçon de bonne volonté, mais ce dont il avait été le témoin à cet égard avait déposé en lui, à tout jamais, un germe de scepticisme et d'incroyance. C'était peut-être, là encore, ce qui le rapprochait de Xeni. Ils avaient en commun ces deux vertus, la suspicion et la mémoire. Manuel avait passé son adolescence, autour de 68 ou 70, à entendre parler de sexe. Petit garçon naïf, il n'était tout de même pas si bête. Il sentait qu'il était de son âge, qu'il était naturel qu'il fût, lui, avide de tout savoir sur les grands mystères, et dans les moindres détails. Mais comment expliquer cette fringale d'histoires de fesses, à pleins films, à pleins magazines, à pleines encyclopédies (car, ne reculant devant aucun ridicule, on en fit même des encyclopédies), dont la société adulte était alors atteinte ? Ce qui lui apparaissait comme l'objet naturel de ses soucis, de son désir de grandir, l'était donc aussi pour eux ? Ils n'étaient donc pas plus avancés que lui ? Il pourrait témoigner devant les âges futurs qu'il avait vu, de ses yeux de gamin, une société tout entière chanter comme Fernandel dans *Le rosier de Mme Husson*, mais sans rire : « Maintenant, je sais ce que c'est ».

Vieillir avait ses avantages : une vingtaine d'années après, on voyait bien à quoi menait cette érotolalie de chaisières saoules et de culs d'oiseaux. Une sexualité (l'horrible mot ! C'était « dévergondage » qu'il fallait dire ! « Fouterie » ! « Amour » ! Tout, mais pas ça !), une sexualité recommandable allait désormais de pair, dans le confort des ménages, avec les fours à micro-ondes, les coton-tige et les congélateurs. Au fond, Xeni avait raison : les gens se laissaient triturer la cervelle sans même s'en apercevoir.

Ils allèrent ce soir-là tous les deux boire un demi à une terrasse. C'était le premier jour de l'année où le temps l'autorisât; un de ces soirs printaniers qui orientent l'esprit vers les rêveries douces, alors que novembre ou février le livrent à la bile noire. Ils regardèrent passer les gens.

— Je ne sais pas si ça t'arrive, dit Manuel, mais des fois je vois une femme dans la rue, et je tombe dans une dépression absolue : en un éclair je sais que toute ma vie, tout ce que je fais, pense, dis, depuis toujours, est strictement de la foutaise, et le sera jusqu'à ma mort, puisque je n'aurai pas connu une heure d'amour avec cette femme et que c'est la seule chose désirable au monde... Que tout le reste n'est rien, des trucs qu'on se force à croire, des histoires qu'on se raconte...

Xeni approuve de la tête depuis « dépression absolue » ; tout le reste est inutile, il a compris, il aurait pu continuer lui-même.

— Oh oui, je connais ça... Oh là là.

Il sourit, il s'amuse. Rien n'est plus doux que de découvrir partagée une pensée de solitude.

— Seulement c'est une idée, ajoute-t-il. Ce qu'on désire à ce moment-là n'existe pas. Du moins on ne sait pas ce que c'est, on le pressent et jamais on ne l'atteint.

— Elles, en tout cas, elles sont sûres qu'il n'y a rien de mieux qu'elles sur terre.

Xeni approuve. Réfléchit. Et approuve de nouveau, « c'est vrai, ce que tu dis », comme s'il lui avait fallu y réfléchir pour s'en convaincre encore mieux. L'invisible certitude des femmes (certitude même modeste ; certitude qu'elles détiennent même quand elles ne le savent pas), c'est qu'il n'y a rien de mieux qu'elles. Elles peuvent redouter une autre femme, mais elles sont convaincues qu'il n'y a rien de mieux que la femme.

C'est un peu ce qui l'ennuie dans la jouissance de l'homme : son caractère de reddition. Est-ce que ce n'est pas pour ça qu'elles en sont si heureuses ? Cette espèce d'écroulement général du gugusse, transporté, qui oublie tout à cet instant, ses importantes opinions politiques, sa véritable-passion-pour-la-country-music-de-la-grande-époque et jusqu'au second prénom de sa grand-mère.

XXI

L'histoire du colonel Fabvier, comme celle du Birman Chan Shee Fu, comporte des dates. En ce sens, toutes deux apportent, aux idées de Manuel sur le récit, un élément qui faisait défaut : le temps. C'est dans le temps que se produisent les faits qui forment une intrigue, dans le temps aussi que leur sens se dévoile. « Au milieu de vous se tient celui que vous ne connaissez pas », écrit l'évangéliste, et l'on peut en dire autant de Charles Fabvier au 31 mars, de Chan Shee Fu vers 1962, de tout homme. Placées comme un miroir devant le Paris quotidien de la gare Saint-Lazare, et l'existence de cet infime citoyen occidental nommé Xeni, l'histoire du Birman et celle du colonel de 1814 nous permettent d'y installer la notion de rupture, de perte de la croyance, mais aussi celle de chronologie : Xeni et les autres ne se sont pas toujours retrouvés au bar du Concorde, et Xeni n'a pas toujours eu les idées qu'il professe.

Il a longtemps fait, peu ou prou, ce que font les gens. Il se souvient qu'en d'autres temps il a lu le journal ou acheté une voiture, qu'il est parti en vacances, qu'il a parlé d'un film, qu'il s'est fait du souci pour des histoires de travail, et il songe avec désarroi que c'était bien lui, ce type ; qu'il jouait le jeu, qu'il admettait plus ou moins ce que tout le monde admet, croyait plus ou moins ce que tout le monde veut bien croire. En tout cas, il faisait comme si.

Il y a dix ou douze ans, Xeni était un jeune prof de sciences économiques dans un lycée de Nantes. Manuel sait peu de choses de ce temps, mais deux ou trois choses tout de même : il sait que Xeni habitait un immeuble dans un quartier paisible ; qu'il faisait de l'équitation ; qu'il se passionnait (ou croyait se passionner) pour les polars noirs américains ou français. Plus tard, il avait passé deux ans à l'étranger, Pakistan et Indonésie, en tant que volontaire dans les services logistiques d'une organisation humanitaire. Du reste de sa vie à ce moment, rien. Quel rapport y avait-il entre le jeune type qu'il était en ce temps — préoccupé de conseils de classe et de devoirs à corriger — et celui que Manuel voyait à présent devant lui ? L'eau avait coulé sous les ponts ; la vie se développait et s'accomplissait, de façon parfaitement imprévisible, en gardant la clef de son jeu, sans doute logique.

Prendre un point hors du cercle : le recours au passé servait également à cela.

Mais après tout, ne faudrait-il pas aussi supposer que l'on est un Birman ? Un Birman qui essaie de se figurer ce pays d'Europe, cette capitale, et là-dedans l'aventure singulière d'un homme nommé Xeni ? En incluant les représentations, à l'occasion fausses ou confuses, qu'il peut s'en faire ? Quelles singularités l'intrigueraient ? Quelles relations songerait-il à établir ? On veut essayer de se représenter quelque chose de manière approfondie, lucide, et l'on ignore ce que dirait un Birman... Quel manque de curiosité. Tout est à reprendre.

Essayons quand même.

Premier personnage, l'étudiant ; deuxième personnage, le jeune prof de sciences éco, le volontaire du Pakistan ; troisième personnage : le fringant conseiller en marketing et communication, élégance décontractée, vocabulaire à la mode. Des personnages auxquels il joue le jeu de s'identifier.

Puis il décroche. Il s'installe en indépendant avec quelques clients sûrs. Le vêtement change. Les idées aussi. Et plus encore que les idées, la place qu'il leur donne : ce qu'il fait cède le premier rang à ce qu'il pense, à ce de quoi il juge. Manuel observe sans doute avec raison que les gens réfléchissent et songent davantage qu'on ne le croit communément ; oui, mais ils n'en font pas une montagne. Nous retrouvons là cet encombrement, cet engorgement progressif de la vie par la pensée, qui est peut-être l'intrigue.

Quoi d'autre ? Était-il significatif qu'il fût né à Rennes, d'une fille d'émigré russe et d'un maçon venu de l'Indre ? C'était pour suivre une petite amie rencontrée en Espagne qu'il était venu faire ses études à Paris. On pouvait énumérer quelques particularités de cette sorte, comme tout le monde en possède, et qui n'expliquent que ce qu'on veut bien leur faire expliquer.

Il ne refusait pas d'évoquer sa famille, son enfance, ses années de professorat ; mais il s'arrangeait admirablement pour n'en rien dire. Évoquait-il telle anecdote amoureuse, on pouvait toujours courir pour l'attribuer à Unetelle ou Unetelle. On savait qu'une libraire nantaise avait à cette époque-là « duré » dans son existence. Mais sans exclusivité, semblait-il.

Quand les curiosités, comme c'était inévitable, se portaient sur les deux années de Pakistan et d'Indonésie, il répondait le plus souvent — sèchement — que la fascination pour les voyages était le trait le plus éclatant de la connerie contemporaine. À Manuel, il avait plus aimablement expliqué ceci — avec une sincérité, un calme, une bonne foi si bien rendus qu'on avait des doutes :

— Je n'en dis rien, parce qu'il n'y a tout simplement rien à en dire. Rien n'est plus éloigné de toute idée qu'on peut se faire de l'aventure, du danger, de l'intensité... C'est un boulot. Plutôt casse-couilles. Ça m'a rappelé l'armée. Tu fais ce que tu as à faire, administrativement, et dans les temps libres, tu vas boire des bières en racontant quelques conneries... Comme il y a en plus une certaine pression due à l'inconfort, au sentiment d'exil, tu ajoutes quelques coucheries, parce qu'on s'emmerde, les corps s'énervent, chacun finit par se résigner à une partie de lit avec n'importe qui... Après quoi ça merdoie dans de petites histoires sentimentales, il y en a une qui chiale, un qui fout le camp en cours de contrat... Tiens, si, voilà une chose que j'ai apprise en deux ans d'humanitaire : presque personne n'est capable de regarder la baise en face.

C'est encore à Manuel qu'il a dit — il y a longtemps, à l'époque du troisième personnage :

— Demande-toi combien de moments dans la vie ne peuvent être supportés, franchis, qu'à l'aide d'une cigarette ou d'un café. Il n'y a pas trente-six problèmes à se poser. Il y a celui du quotidien, de ce que l'on reconduit jour après jour, bon gré mal gré. C'est le seul problème.

Vers ce temps-là, il s'impose de ne plus fumer. Vers ce temps-là aussi il prend en horreur les photos où il figure. Une photo nous dit : « Voilà, tu as été cela, ce jour-là. » Ce sont autant de vêtements empruntés qu'il arrache.

Il avait eu tôt fait d'adopter les mœurs et les codes d'un certain Paris, celui de l'entreprise tertiaire, la façon de parler au téléphone, de se comporter dans un déjeuner professionnel, les signes de reconnaissance ou de conformité qui rassurent, le vocabulaire ou les opinions qui passent sans accroc : ce qu'on pourrait appeler le dressage de la gare Saint-Lazare. Il savait mettre en évidence la touche subtile d'anticonformisme revu par la mode qui permettait à ce petit monde de se féliciter de son modernisme et de sa largeur d'esprit. Il changea de « boîte » deux fois, manœuvre sans laquelle on passait alors pour timoré ou incapable. Il eut les loisirs que l'on avait, il connut les cafés qu'il fallait connaître aux Halles, à la Bastille. Il lut les magazines à la mode qui duraient trois numéros. Il connaissait les tendances. Il serait inutile d'essayer de définir ce mot, chimérique de prétendre en donner un exemple. Les tendances sont les tendances. Tout ce que l'on peut faire est de les connaître — ou mieux, de les affirmer sur un certain ton qui fait qu'on ne vous contredira pas.

Tout cela se passait dans le Paris des années quatre-vingt, tellement déclassé déjà que vouloir en donner une évocation pose les mêmes problèmes documentaires que celui du Second Empire ou de Louis-Philippe. Les gens de son milieu avaient des discussions sur le minitel, sur Jack Lang, sur Canal Plus ! Heureusement que l'on oublie les neuf dixièmes de tout : on serait ahuri de voir à quoi l'on a pu consacrer des paroles, de l'énergie intellectuelle.

Xeni traversa ces années et il s'y conforma, mais il semble qu'il n'en fut jamais totalement la dupe, la créature. Il s'était mis au diapason parce qu'il avait décidé qu'il tenterait cela, qu'il donnerait les gages attendus. Peu de gens parmi ceux qui le croisaient s'aperçurent de cette distance, de cette froideur discrète, de ce malaise. En un seul point pourtant, il mit de la passion et par là fut rattrapé, coiffé au poteau. C'était le temps où le parti au pouvoir, faute de parvenir à inverser les tendances, indiscutables celles-là, de la réalité, tenta de sauver les apparences en organisant le spectacle de la culture, de la charité, des droits de l'homme, de l'antiracisme et de la TV par câble bizarrement réunis. Xeni se jeta dans les idées libérales, qui étaient à la mode aussi, mais qui lui semblaient avoir au moins l'avantage d'avouer la violence indiscutable du monde réel. Il les prôna avec ce feu, cette rage qu'il portait en lui et qui devait plus tard lui faire rechercher d'autres ruptures. Quelque idée qu'il adoptât, il fallait qu'elle fût extrême.

Ce fut en parlant de ce temps-là qu'il avoua plus tard qu'en se voyant chaque matin dans la glace, le dégoût, le mépris, le sentiment du malheur le submergeaient. Que voyait-il alors ? L'élément qui nous manque ici est l'autoportrait. Le fait est qu'il prit en horreur ce qu'il avait dit et fait, ce qu'il avait voulu être. Il ne s'y trouvait aucune horreur. Seulement de la dérision.

Donc, de l'horreur.

Il devait raconter plus tard comme une parabole l'histoire de Marie-Berthe et de la photographie.

XXII

Peu importe à quelle date et dans quelle entreprise il avait eu à connaître Marie-Berthe. L'occasion — banale — en était l'élaboration d'un document destiné à présenter, sous un jour engageant, l'organisation et les prestations d'un « staff » commercial. Sur le conseil même de Xeni, l'idée avait été retenue d'y faire figurer la photo de chacun des membres de ladite équipe. Idée parfaitement ordinaire elle aussi, et qui n'occasionna pas le moindre frottement ni la moindre remarque — jusqu'au moment où elle parvint jusqu'à la nommée Marie-Berthe.

« Il faut savoir qui elle était pour apprécier toute la saveur de la chose... Il y a des gens qui sont dédiés au système, comme on le dit d'un logiciel, et peuvent se croire en position d'en recueillir les avantages. Il y a aussi les brutes, esclaves et bourreaux en même temps, qui ne sentent pas plus les coups d'étrivières qu'ils reçoivent que ceux qu'ils donnent. Il y a encore ceux qui s'en foutent. Mais j'ai vu les misérables, les rameurs, les besogneux : ceux-là justifient le maître, ils s'en font les disciples fervents — c'est ça ou la faim — et l'on voit les cinglons sur leur peau. Au fond, on nous invite toujours, partout, à entonner un certain petit air. Le système est pressant et demande des génuflexions, des singeries. Certains les font de tout leur cœur sans s'apercevoir du truquage ; ils sont malades et ne savent pas de quoi. Ils ne sont pas mieux remerciés. Marie-Berthe appartenait à cette catégorie.

« On voit dans un film de Wim Wenders une poule vivante enfermée dans une sorte de jukebox ; si l'on met une pièce de monnaie, elle danse, les pattes actionnées par de légères décharges électriques. Mais en somme, rien ne dit qu'elle approuve... Marie-Berthe était une poule qui approuvait.

« Voilà quelqu'un que je ne me rappelle pas avoir entendu rire ; plaisanter, quelquefois, mais il fallait vraiment que ce fussent des niaiseries. Elle prenait son travail à cœur au point que l'on eût éprouvé de la compassion pour elle, si l'agacement n'eût été le plus fort. Elle était de ces personnes qui, non contentes d'accomplir leur tâche, l'accompagnent à toute minute, par leurs paroles, par leur mine perpétuellement en alerte, par l'étalage d'un dévouement à tout instant proclamé et souligné, de l'expression ostentatoire d'une conscience professionnelle payée au prix du martyre.

« Pour résumer ce qu'elle était, je ne voudrais m'arrêter qu'à une phrase, une seule phrase, qu'elle prononça un jour en ma présence ; une de ces phrases auxquelles nul ne prête attention, et qui pourtant — si à cet instant on a les yeux sur la personne qui la prononce — disent tout.

« Cet après-midi-là, son chef avait au pied levé convoqué tout son monde pour un *briefing*, à moins qu'il ne s'agît d'un *débriefing*... Ah, le ridicule des mots ne tue pas... Marie-Berthe en était, le bloc-notes à la main, toute frémissante de désir (du désir de bien faire, s'entend), dans son tailleur pied-de-poule, d'où émergeaient, fermées par une broche plaquée or, les fronces d'un chemisier de satin blanc.

« Le chef en question, je le revois encore, répondait au doux nom de Bourzat. Georges Bourzat. Il était gros, le crâne nu, les yeux exorbités. J'ai vu une fois, chez un poissonnier de la rue Mouffetard, la tête d'un thon de belle taille, coupée au ras de la cravate, et exposée là pour piquer la curiosité du chaland : si j'avais à dessiner Bourzat, je lui donnerais la tête de ce thon. On sent la cruauté du thon, n'est-ce pas ?

Ce puissant animal ne brille pas par la sensibilité... Son œil dit l'idée fixe, le programme que rien ne fera dévier... Or donc, comme Bourzat — demeuré silencieux, relisant un rapport le stylo à la main, le temps qu'on s'asseyait — relevait enfin la tête afin de voir si tout son monde était prêt, on entendit Marie-Berthe proférer d'une voix étranglée, dans un petit grattement de gorge :

« — Excusez-moi, Georges... J'aimerais pouvoir quitter la réunion à seize heures quinze... *J'ai un gros problème de timing.*

« Et elle accompagnait cette dernière assertion d'un regard si pathétique, d'un accent si désolé, d'un mouvement de tête si spasmodique qu'on sentait bien que les plus terribles menaces, les chantages les plus lâches, les plus cruelles tortures n'eussent pu la convaincre de se rétracter. C'était la vérité pure qui sortait de sa bouche, si pénible fût-elle à dire. Devant Dieu et devant les hommes, si Marie-Berthe disait qu'elle avait un problème de timing, c'est parce qu'elle avait un problème de timing.

« Un *gros* problème de timing.

« Ah, il y en avait, des choses, dans ce *problème de timing* !

« Ce qu'il pouvait transpirer de bonne volonté désolée ! D'oblation de soi-même ! Car, bien qu'il s'agît de quitter la réunion, ne signifiait-il pas précisément : "Je ne m'en vais qu'à regret et le cœur déchiré, car en principe, comprenez-le bien, je suis toute à vous !"

« Mais cette phrase recelait davantage encore, me semble-t-il... Ma première réaction avait été de sourire. "J'ai un gros problème de timing." Ne pouvait-elle pas dire simplement "J'ai un rendez-vous, cette réunion n'était pas prévue", que sais-je ?

« Eh bien non, et j'avais tort. Ce n'est pas en termes de bon ou de mauvais français, ou d'anglomanie, qu'il faut analyser ces choses-là. Si Marie-Berthe dit ce jour-là : "J'ai un gros problème de timing", c'est qu'elle ne pouvait plus (que ce fût impuissance ou compulsion) employer un autre langage. Elle utilisa avec un instinct très sûr un mot chic, un mot qui fait sérieux, un mot qui fait efficace et organisé, un mot du langage des maîtres, un mot propre à leur plaire : la petite chanson qu'on nous invite à chanter. Quelqu'un qui a "un gros problème de timing", c'est quelqu'un qui a un timing. Et quelqu'un qui a un timing, c'est quelqu'un qui s'est donné au monde où se passe cette histoire, quelqu'un qui en a accepté les mœurs, les valeurs, la métaphysique même : la preuve, c'est qu'il en a accepté les mots. Souhaitant quitter la réunion avant qu'elle ne soit finie, Marie-Berthe redoutait de se rendre suspecte. Elle se refusait, soustrayait quelque chose d'elle-même; Bourzat pouvait froncer le sourcil. En évoquant d'autres occupations, elle soulignait que son départ anticipé aurait lieu pour la bonne cause, qu'elle faisait tout ce qu'elle pouvait. En traduisant cela par "un gros problème de timing", en choisissant ces termes plutôt que d'autres —, elle en remettait une couche, elle magnifiait sa demande, elle la faisait scintiller. L'acte pouvait paraître louche : le mot qui le couvrit excipait d'une allégeance intacte.

« Eh bien ! Il faut croire que s'exerce dans les mots une sorte de justice (ou d'injustice) immanente, parce que, même formulée en ces termes fleuris, la demande ne convainquit pas.

« Il y eut un silence, une attente : l'incertitude brilla comme une goutte de rosée au bord d'un pétale fragile. Je pensai à Oliver Twist osant redemander de la soupe.

« Et puis Bourzat — sans même la regarder — laissa tomber d'une voix rogue :

« — Il n'en est pas question.

« On entendit un "Mais, Georges..." esquissé d'une voix mourante. Peine perdue : Bourzat avait commencé de parler, sans plus se préoccuper de la malheureuse Marie-Berthe que si elle n'avait jamais existé.

« J'en viens à l'histoire de la photo, qui d'ailleurs est beaucoup plus courte. Nous venions donc avec Bourzat de prendre cette décision. Comme, en sortant de son bureau, nous croisions Marie-Berthe, Bourzat lui mit la main sur le bras : — Vous arrangerez avec monsieur la venue d'un photographe. Je veux les portraits de toute l'équipe. De vous aussi, naturellement.

« — De moi ?...

« J'observai Marie-Berthe et je compris aussitôt que cette perspective, je ne sais pourquoi, l'horrifiait.

« — Oui, de vous ! insista Bourzat.

« — Oh, Georges, est-ce bien nécessaire ?

« Ses yeux emplis d'angoisse allaient de lui à moi (à moi imperturbable, à moi dont elle semblait quémander le soutien, soutien que je ne pouvais évidemment pas lui apporter).

« — C'est indispensable, dit Bourzat qui regardait ailleurs.

« — Vraiment, Georges, cela me gêne un petit peu...

« — LA PHO-TO !

« Il avait pour ainsi dire crié. Elle baissa les yeux. Et vaille que vaille, coûte que coûte, il y eut dans la plaquette la photo de Marie-Berthe, dans sa petite fenêtre, en couleurs sur le beau papier couché, avec son nom et le numéro de sa ligne directe.

« Pourquoi ne voulait-elle pas, la pauvrette ? Se trouvait-elle donc si laide, si ridicule ? Elle ne l'était ni plus ni moins, en somme, que bien d'autres... La pitié qu'elle pouvait inspirer était du même ordre que celle qu'on éprouve devant un caniche affublé d'un chapeau andalou, et qui danse.

« Le plus absurde est que Bourzat, en exigeant la photo, ne faisait que demander à Marie-Berthe ce qu'il lui demandait chaque jour et qu'elle lui donnait sans rechigner. Il lui demandait d'appartenir corps et âme à l'entreprise ; et non seulement de remplir sa fonction, mais de l'être. Le haut-le-corps de la malheureuse devant la photo prouvait qu'elle ne s'y résignait pas tout à fait, mais il était trop tard. Quand on a tout le bras dans l'engrenage, est-il encore temps de lui refuser l'épaule ?

« Et il fallait que cela tombât sur elle... Elle qui se dévouait, qui pouvait rester là jusqu'à des huit heures du soir... Je me souviens d'une de ses collègues, une chenapane, celle-là, qui ne fichait rien, ou alors le moins possible... Je l'aurais bien draguée, d'ailleurs, mais je n'ai pas eu le temps... Elle était ravie, elle ! Elle est arrivée toute pomponnée, toute maquillée, pour la photo... Si on le lui avait demandé, elle aurait aussi bien montré ses cuisses !

« Pauvre Marie-Berthe ! Pauvre miss Timing ! Ce que je me demande, moi, c'est si le gros thon a fini par lui faire accepter la saillie. L'expression est brutale, j'en conviens ; mais, s'agissant de cet individu, je n'en vois pas de plus appropriée. Je ne puis pas m'empêcher d'imaginer, sur la frêle nuque de miss Timing, le souffle chaud et rauque d'un Bourzat plus impérieux, plus lourd et en somme plus irrésistible que jamais dans l'expression d'un désir sadique, encouragé par la faiblesse. Et si tout en disant non (invoquant peut-être un *problème de timing*), Marie-Berthe s'est laissé faire ; si elle a vu de près les bretelles, les chaussettes et les pilosités du gros thon ; si, inflexible, il a fermement saisi son fin poignet blanc pour guider la petite main craintive vers un gros membre congestionné ; si, renversée, troussée, deux cuisses blanches dressées de part et d'autre comme les pilons d'un poulet désossé pointant hors du plat, elle a subi les saccades et les grognements avec la même expression anxieuse, soucieuse de bien faire, qu'elle avait en disant : « Je souhaiterais pouvoir quitter la réunion... » — eh bien, s'il en fut comme je dis, je n'en serais pas étonné outre mesure.

« Il dut même la retourner, ensuite, pour la prendre par-derrière, et ce ne furent plus les pilons, mais le croupion de miss Timing, blanc lui aussi, et pointu, qui fut offert, bien exposé en sa lingerie, à la managériale turgescence. Je ne vois aucune raison pour qu'il se soit gêné.

« Voyez-vous, ce n'est peut-être pas grand-chose, l'histoire de la pauvre Marie-Berthe, en regard de ce que le monde, chaque jour, nous donne à avaler... Mais ce sont pourtant ces broutilles-là, et je pourrais en raconter cinquante, qui vous font perdre un jour toute confiance, toute croyance, en tout, mais vraiment en tout ce qu'on voudrait vous faire gober... Comment il disait, Montaigne ? C'est assez de s'enfariner le visage, sans s'enfariner la poitrine... Moi, à quinze ans, j'ai arrêté la messe. Je ne vais pas recommencer maintenant. »

XXIII

La scène est dans un living, rue de la Tombe-Issoire, 4e dr. Il y a là sept personnes, de ces gens qu'on croise chez les autres et qu'en général on ne revoit jamais. Parmi les convives figure un type qui se dit sociologue, et explique qu'il « travaille sur le concept de Gestion des situations de proximité (GSP) ».

— Des licenciements ordonnés par une multinationale dans tel ou tel pays, des agressions sur le réseau RER banlieue, ce sont des SP à gérer. Il y a un type qui est payé pour s'en démerder, pour que ça ne remonte pas. Plus vous empêchez la remontée des SP, plus vous êtes considéré comme valable. En fait, la proximité n'intéresse personne. Monter dans la hiérarchie, neuf fois sur dix, c'est avoir le droit d'abstraire.

Manuel écoute : c'est un petit cube qui pourrait trouver place dans le jeu de construction.

— Il me semble que je vois très bien ce que

vous voulez dire, je suis officier de police judiciaire. Je fais depuis douze ans de la GSP sans le savoir.

— Exactement. Maintenant, la révolte du Chiapas est aussi une SP. Ou les grèves en France. Le gouvernement, en se démerdant avec les grèves, gère une situation de proximité engendrée par les impératifs européens ou la mondialisation... Il est là pour ça. On pourrait avancer l'idée que, dans le monde moderne, le rôle des gouvernements s'est retourné, renversé, du dehors vers le dedans... Comparez Pierre le Grand à n'importe quel président d'aujourd'hui, vous aurez compris. Tous nos gouvernements sont en train de devenir des gestionnaires de SP, rien de plus. L'intérêt du concept, c'est qu'il permet de voir les choses sous un autre angle. Dès que l'on a dit : le gouvernement gère une SP, on ne se fait plus la même idée de lui...

— Oui : on change le récit. On sort du cercle.

— C'est un peu ça.

— Une bombe dans le métro, c'est une SP ?

— En un sens, oui. C'est la proximisation soudaine de quelque chose qui était très loin.

Cette histoire de gestion des situations de proximité n'était pas mal. Elle montrait le point de vue de ceux qui sont tout en haut, ou dans les coulisses, les témoins avertis du monde. Joli : « la société secrète des Témoins avertis du monde ». Mais c'est une connerie, il n'y a pas de témoin averti du monde. Celui qui voit mieux tel aspect ignore tout de tel autre. Nous ne sommes vraiment témoins que de bien peu de choses. L'effort de ce sociologue consistait à créer une représentation du présent qui ne fût pas seulement émotive ou réactive. Lui et ses pareils se demandaient ce qu'on faisait vraiment tout en ne le sachant pas. Ils fabriquaient des points de vue à côté desquels bien des débats ou conflits de la société ressemblaient à des batailles de polochons dans un dortoir.

Quel rapport entre la GSP et tout ce dont il est question ici ? Aucun, peut-être. Ou bien il n'apparaîtra qu'à la longue. C'est ainsi que les choses se passent, c'est ainsi que s'édifie le continuel récit du monde, et qu'il parvient à la conscience de Manuel.

Celui-ci remonte le lendemain après-midi la rue d'Amsterdam et songe que le point hors du cercle pourrait être ce type, devant lui, sur le trottoir.

Crasseux, avec sur lui, évidentes quoique imprécises, les dernières traces d'une existence normale et qui aurait pu le demeurer. On ne pense plus à la fin que ces types ont un nom, une personnalité, des goûts, des idées pas plus bêtes ni plus fines que celles des autres. On ne s'interroge plus sur leur vision du monde.

La vision du monde de cet homme. Voyons. « Il ne fait pas beau. J'en ai jusque-là de traîner les rues. Je ne peux même pas aller au café. Je suis tout le temps dans le bruit. Il m'est désormais impossible de m'asseoir sur quelque chose de confortable, par exemple un fauteuil, même le plus ordinaire des fauteuils, deux cent quatre-vingt-dix-neuf francs chez Ikea (c'est marqué sur l'affiche). Même lire le journal. J'en prends un défraîchi dans une poubelle. Pourtant c'est bien, de lire le journal. Cela permet d'oublier. Vous ne saviez pas ? Vous pensiez que vous lisiez le journal dans un autre but qu'oublier ? Oublier, nom de Dieu. Se bâler sur un canapé et se plonger dans un news. »

Or, les journaux même ne s'adressent pas à lui. Il n'est pas le lecteur que les journaux supposent. Si les journaux parlent de lui c'est comme d'un être extérieur : il est celui dont on parle, non pas celui à qui l'on parle.

« Moi je traîne aux abords de la gare Saint-Lazare. Je n'ose même plus lorgner les femmes. Ici il y a des femmes à ne plus savoir qu'en faire, le soir à la sortie des bureaux. Des jeunes ou des moins jeunes, des célibs ou des mères de famille, le style *Cosmo*, le style *Femme actuelle*. Tout.

Un homme normal qui tâche en les croisant d'accrocher leur regard, il arrive que cela les agace, il arrive que cela ne leur déplaise pas, comme ça, juste au passage, de reconnaître cette intonation particulière des yeux comme un mot souligné, et d'y répondre furtivement, le regard voulant dire : Bien, bien, j'ai compris, tu sais bien que je ne vais pas m'arrêter, mais merci tout de même. Moi, si je m'amuse à cela, dégueulasse comme je suis, elles ne pourront pas ne pas avoir, fût-ce pour s'en désolidariser aussitôt, la pensée de dégoût physique qui humilie plus que toute autre. »

Ce que cela doit être, recevoir cinq francs d'une femme plutôt pas mal... Mais Manuel peut-il seulement deviner ce qui se passe dans la tête de ce type ?

« Nous sommes racontés. » L'idée lui en vint devant un magazine, le même peut-être que feuilletait l'errant de Saint-Lazare. Nous n'existons que racontés. Nos goûts, nos désirs, nos choix, nos peurs sont racontés par des gens qui sont des spécialistes. Cependant, nous pouvons avoir par rapport à ce récit deux positions : ou bien nous sommes le destinataire du récit ; ou bien nous sommes l'objet du récit.

Il repensait à la télé, aux Beurs de Marseille. On les racontait aux autres.

— Le seul privilège que nous ayons, dit-il quelques jours plus tard à Xeni (et par « nous », il entendait les gens de leur condition), c'est que le récit qu'on fait de nous s'adresse à nous, alors que mon bonhomme de Saint-Lazare, et ces prétendus « jeunes des zones difficiles » sont purement objets. Ils sont racontés, mais ils ne sont pas, ils ne sont plus de ceux à qui le récit s'adresse. Ils sont *le problème* qui rend nécessaire d'édifier un récit comme une digue.

Xeni écoutait, les yeux baissés sur un calepin où il traçait des lignes. Aux sourcils froncés, à la moue dubitative, Manuel prévit qu'il allait dire quelque chose. Cela ne traîna pas :

— Si tu es logique avec toi-même, tu peux ajouter à ta nomenclature les électeurs d'extrême-droite. Eux aussi sont devenus un objet d'analyse. Et moi, je les défends, rien que pour cette raison. De nos jours, on met « l'Autre » avec une majuscule, mais cet autre-là, il n'a pas droit à la majuscule... On moralise sur l'exclusion, mais celui-là, on peut l'exclure... Moi je dis : ce mec-là, c'est un homme aussi. C'est mon frère.

Manuel fait la grimace.

— Je peux comprendre, mais ça ne doit pas signifier approuver leurs idées.

— Qu'est-ce que tu veux me faire dire ? Tu veux que je fasse une génuflexion devant la pensée autorisée ? Je ne porte pas ma belle âme en bandoulière. Le jour où on emmerdera l'épicier arabe, le teinturier juif, tous vos petits donneurs de leçons, ils feront quoi, ils seront capables de quoi ? Moi, tout ce que je peux dire, c'est que j'espère avoir assez de couilles, ce jour-là, pour me faire casser la gueule avec l'Arabe et le Juif. D'ici là je la boucle avec les bons sentiments. Tout ce qui me dégoûte, c'est la meute. Je suis du côté de l'homme seul. Du pauvre diable, du plouc. Aujourd'hui, la meute principale n'est pas celle des loups, mais celle des moutons.

Nous voilà loin de la GSP, du point hors du cercle, du type sur le trottoir, du destinataire du récit, de l'objet du récit ? Peut-être. C'est l'effet Xeni. Il ne laisse personne se défiler vers le promenoir des considérations innocentes. Il faut que d'une main de fer il vous ramène à la brûlure, au point de violence et de douleur.

Mais que voit-il donc ?

XXIV

Cinq ans plus tôt, Gina était allée à l'enterrement de son père, lequel avait fini ses jours à Lyon. Elle n'avait jamais bien reconstruit ce géniteur mal concevable, tout juste aperçu autrefois dans le val d'Aoste, et dont il ne lui restait qu'une photo prise à Nice avant qu'elle ne fût née. « Photolux — 31, place Masséna — 06 Nice ». Un tirage de petit format, sur papier glacé, avec encadrement blanc dentelé. Elle avait bien interrogé sa mère; mais celle-ci, que ce fût l'effet de la honte ou d'un reste de passion, ne levait guère le voile sur un mystère à la fois opaque et inconsistant. Il avait fichu le camp, il avait vendu la maison : il n'y avait en somme rien de caché dans ce parcours inexplicable.

Ce fantôme se proposait donc, dans le récit qu'elle se faisait d'elle-même, comme un principe d'explication de ses rapports avec les hommes. Mais elle supposait, en somme, plus qu'elle ne ressentait, ce lien causal. Elle l'approfondissait cependant (« admettons que ce soit ça ») :

— Je rêve d'avoir des enfants, et de leur père, qui serait là, qui serait solide, sur qui je pourrais compter. Et en même temps cela me fait peur. Il me semble que si j'avais cela, je passerais mon temps à redouter que soudain ce compagnon, ce papa fidèle, ne jette le masque, ne foute le camp, ne se révèle en somme être mon père, comme un diable sort de sa boîte. Et finalement c'est pour ça que je me jette quand même dans une histoire avec Xeni, qui est capable à tout instant de se retirer à la Trappe ou de s'engager dans la Légion. Au moins lui, il est incontrôlable, il ne jouera jamais ce rôle, mais je le sais, je l'ai déjà compris, c'est clair, il n'y aura pas de mauvaises surprises, peut-être même puis-je en espérer une bonne...

Elle avait fini par passer aux aveux et raconté Xeni à une amie et confidente. Elle développait son hypothèse sur un ton mi-figue mi-raisin, avec un mélange de dérision et de perplexité. Mais au total elle ne trouvait cela ni drôle, ni convaincant.

— La vie à deux, j'ai essayé, lui avait-il dit. Franchement, je préfère me supporter tout seul, ça vaut mieux pour tout le monde.

C'était peut-être une façon d'avertir. Elle avait affecté l'indifférence.

Il semblait avoir fait le tour de tout; et être parvenu à un point de clairvoyance tel que personne ne savait ce qu'il voyait. C'était la gesticulation de quelqu'un qui ne peut plus parler, qui est derrière une vitre, qui étouffe, s'intoxique. Alors elle avait peur. Elle s'affolait comme si, devant elle, il s'enfonçait dans un gouffre, sans qu'elle pût le retenir. Au reste il ne demandait rien. Il était celui qui tranche les liens sans gémir.

Depuis combien de temps cela durait-il ? Trois mois, quatre mois ? Une histoire où il lui semblait qu'il avait mis d'abord autant d'espérance qu'elle; mais il faut rester deux à espérer. Xeni semblait déjà voir au-delà.

Plusieurs fois, elle avait pensé fondre en larmes. Il y avait en lui par moments cette subite dureté du regard, comme s'il entendait d'autres voix qui l'appelaient bien loin. Comme s'il vous repoussait, fermait la porte, déclarait nul et non avenu tout ce qu'on croyait partager. Gina se sentait choisie « entre toutes les femmes », prise à témoin, et en même temps mise au défi; à la fois élue (mais pourquoi ? en fonction de quoi ?) et à tout instant sur le point d'être rejetée, renvoyée à ce « vous », à ce « ils » par quoi Xeni se mettait à part, comme on quitte la table avec un geste qui la repousse.

Cela au moins avait un avantage : il n'était pas là par hasard. Elle en avait rencontré tant qui ne demandaient qu'à faire durer, à s'inscrire tout doucement dans le décor, à s'y faire oublier... Comme la femme en bleu à peine entrevue dans le jardin vert de Monet. Elle habite vraiment ce jardin, cette toile, elle en sent les odeurs, l'ombre des branches glisse sur elle, un insecte court le long de son bras. Elle a cherché cette ombre et ces parfums, l'espalier, la branche où naîtront les noisettes ; elle est constituée des mêmes à-plats, elle ne demande pas davantage d'existence. Cela a sa douceur. Gina se voit elle-même dans la vie comme la femme en bleu.

Xeni serait un clair-obscur.

XXV

1. Ext./Jour. Une terrasse de café sur une avenue, au bord de la mer, genre Croisette. Succession de plans rapides d'où se détachent d'abord une fille assise à la terrasse, puis un beau garçon qui passe, maillot rayé, pantalon blanc, béret à pompon. De nouveau, plan sur la fille ; on devine qu'elle le suit des yeux et l'on entend (voix off) ce qu'elle chantonne intérieurement :
« Tiens... V'là un marin... Mon Dieu qu'il est bien... »

2. Gros plan sur le marin.
VOIX OFF (grave et menaçante) : Oui... Mais savez-vous qu'il va bientôt mourir ?
Zoom sur l'avant-bras du marin où l'on aperçoit, tatouée, l'inscription suivante : À CONS. DE PRÉF. AVANT LE...

3. Gros plan sur la fille. Elle a maintenant entre les doigts un sachet scellé où l'on distingue la

marque : SOUPLATEX. Elle se le promène machinalement au coin des lèvres, avec un demi-sourire, les yeux suivant toujours le marin.
SA VOIX (off) : C'est pas un problème...

4. Plan fixe sur le produit, avec l'inscription bien visible : PRÉSERVATIFS SOUPLATEX.
VOIX DE LA FILLE : Moi, c'est le plaisir que je veux... Qu'il aille se faire foutre avec sa mort.

Le document passe de main en main — Manuel, Jean —, apporté par Xeni qui a invité Jérôme à dîner avec eux, ainsi qu'il en avait le projet.

Jérôme, modeste :

— Il y a une collègue qui m'a reproché de donner le mauvais rôle à la fille... « Comme par hasard c'est à la femme que tu attribues ce comportement ! » Je lui ai dit que j'avais représenté une femme moderne et évoluée, donc capable de se conduire comme un homme. Je lui ai demandé si à son avis, dans le cas où ç'aurait été l'homme qui dise d'une fille « qu'elle aille se faire foutre avec sa mort », elle aurait trouvé ça moins horrible. Elle a été un peu embarrassée. Elle m'a dit : « Non, bien sûr, mais bon, tu as mis une femme, c'est pas un hasard... »

Xeni rigole bruyamment :

— Voilà... Voilà où on en est... C'est pitoyable.

— Je vis dans l'univers de la publicité, dit plus tard Jérôme, avec ce mélange qui lui est particulier d'ironie, de paresse à s'expliquer, et d'élégance verbale. C'est-à-dire dans la plus grande entreprise jamais tentée d'abaissement du langage. La prostitution des signes devenue la règle générale. Toutes les sociétés humaines fabriquent un système de signes. Notre époque aura inventé celui-là, le plus délibérément truqué, avilissant. Rarement tant de soin aura été apporté à ce qui dégrade. Et au milieu de cette dégradation, on nous montre des humains souriants ... Le jour où l'on a compris que l'on est un opérateur de cela, on se dégoûte. Ne vous y trompez pas, c'est un métier important. On soumet les contemporains à ce traitement quotidien de signes qui les abaissent, qui ne visent qu'à les abaisser. Il est infiniment plus honorable d'être putain que communicateur.

Xeni se jette là-dessus :

— Tu veux dire sans commune mesure ! Le jour et la nuit.

« Il se jette là-dessus » : voilà. On avait parfaitement compris, mais ça ne fait rien. Il y a un tel réconfort des mots, et des gens qui acceptent de vous entendre. Jadis il eût été prêcheur, il eût exhorté à la Croisade ou au renoncement. Mais il n'eût pas renoncé à la parole qui fustige, qui déchire, qui démasque.

Jérôme encore :

— De toute façon, quand on considère l'énorme gaspillage de la parole et sa dévalorisation; quand on considère aussi la paresse qui, en renonçant à étayer le langage, fait s'écrouler sur nous par kilotonnes le déblai du non-vu, du non-dit, du non-compris, on est porté à considérer que derrière la ligne de défense constituée par la grammaire, il y en a une seconde, qui serait le silence. Le silence est une sortie.

— Il y en a une autre, dit Xeni, qui est l'acte.

Malars :

— Vous avez raison de dénoncer l'assujettissement au kitsch publicitaire. Et ce qui rend « scandaleux » votre texte, c'est qu'il substitue au kitsch la violence réelle. Je ne vois autour de moi que des gens qui se gargarisent avec la démocratie. C'est un ignoble abus de langage. La domination la plus impitoyable est exercée par les pouacres les plus épais, par l'usure et la boutique. C'est où l'on voit, ami Jérôme, le mal que peut commettre l'inexactitude du langage. Il faut appeler un chat un chat, c'est la seule façon de reconnaître la réalité. Nous vivons sous le règne des choses, et nous sommes tous devenus des choses.

Manuel approuve vigoureusement ce dernier point.

— Ils sont idiots ! poursuit Jean. Idiots et nuisibles. Croyez-vous que l'intégration mondiale de la production et des marchés puisse être l'avenir de l'homme ? Plus on nous accablera de cet ennui mortifère, plus s'éveilleront en l'être humain les pulsions refoulées de la Foi, de la Race ! Nous verrons la grande guerre de l'Islam contre l'Occident, de la vieille Europe contre l'Amérique, et il ne faudra pas pousser des cris de filles chatouillées, de poules qui trouvent le renard dans le poulailler, ainsi qu'on les entend déjà en France.

Et Xeni alors, de nouveau, se jette là-dessus.

XXVI

Un homme était né, quarante-cinq ans plus tôt, dans un pays lointain. Sa vie avait comporté une aventure — une seule; du moins à ce qu'on pouvait savoir. Disons que son souvenir, à supposer qu'il ne s'anéantît pas, s'y résumerait.

Cette aventure fit l'objet d'un récit de dix lignes environ dans quelques magazines occidentaux, dix lignes sèches qui donnaient pourtant un destin à envisager, à comprendre; dix lignes, ce qui, compte tenu du nombre de morts provoquées chaque jour par l'existence, était considérable. La tortue, remontant du fond des mers, avait passé la tête dans l'anneau de ces quelques phrases; à travers elles, l'homme avait brièvement existé.

Cet homme, un jeune ingénieur atomiste originaire de Tbilissi (Géorgie), avait, dans les dernières années du règne de Leonid Brejnev, quitté en secret l'Union soviétique à destination de l'Iran, où il s'était mis au service de la révolution islamique. On devait retrouver sa trace une dizaine d'années plus tard, lorsqu'il fut abattu en Syrie, probablement par des services spéciaux, probablement en raison de ses activités d'espionnage technologique au profit des ayatollahs...

Et c'est tout. Le récit, plusieurs fois décalqué — rapport officiel syrien, agences de presse, rédaction des journaux — ne mentionne pas son nom. On ne sait même pas comment on sait ce qu'on sait, les études à Tbilissi, le départ pour l'Iran. Le reste — l'espionnage au profit de la République islamique, l'assassinat — est conjectural, ceci permettant d'inférer cela, cela permettant d'inférer ceci...

Et pourtant cette « brève » contient un choix mûri et assumé, difficile, payé d'une mort violente; ce n'est pas à tout le monde que la vie en demande autant (à moins qu'il ne faille dire : tout le monde n'en demande pas autant à la vie).

Une autre particularité de cette aventure individuelle est d'avoir un sens, et un sens prophétique.

Ce garçon est né « soviétique », il a été élevé dans l'Union soviétique. Il n'y a pas, à première vue, été mal traité : il a fait des études, il est devenu ingénieur. Néanmoins, à un moment donné, il offre à un autre pays le savoir, les capacités, les compétences que l'URSS lui a donnés. Il n'est pas injuste de dire qu'il trahit.

Que signifie cette trahison ? Qu'être soviétique n'est pas, n'est plus pour lui une appartenance qui compte. En partant pour Téhéran, il rejette l'identité « de classe » rêvée jadis, au temps où le poète Maïakovski composa un hymne à son passeport, par la momie que l'on voit encore, blafarde et muette, dans la crypte de la place Rouge; cette identité soviétique qui, pour la première fois dans l'histoire, prétendit désigner autre chose que la race, la terre ou la parenté. La voici réduite à l'état de simple camisole administrative; elle ne symbolise plus une patrie, elle matérialise une geôle. Elle ne donne plus le droit à exister, mais à se taire.

Or ce jeune ingénieur, qui a appartenu aux Jeunesses communistes, qui a ânonné sur les bancs de l'école les saintes écritures marxistes-léninistes, les principes du matérialisme dialectique, est d'origine musulmane. Il subsiste en lui une autre mémoire. On peut imaginer que dans la maison de son enfance, à Tbilissi, il y a un Koran tout enluminé, un tapis de prière; que ses parents ou grands-parents lui ont parlé de Nadjmuddin ou de cet imam Shamil qui au siècle dernier, dans les montagnes du Daghestan, résista pendant un quart de siècle à la conquête russe.

Ainsi nous est-il possible de penser que la révolution de Téhéran retentit en lui comme un appel. Son exil est un retour aux sources, sa trahison une retrouvaille; qu'en remontant vers le plateau persique, prendre rang dans la bataille et le destin, il ne fait que rassembler les deux parts d'une âme divisée.

La trahison de Chan Shee Fu est moins achevée et moins belle : elle ne le réunit à rien. Elle n'est que le dévoilement de la hideur cachée, de la corruption du monde. Elle fait entendre un ricanement. Vu depuis l'autre côté d'une frontière, l'éloignement de l'ingénieur est l'accomplissement d'un être.

Mais peut-être l'hypothèse pèche-t-elle par excès de lyrisme; peut-être est-il longtemps resté indifférent à cet héritage secret, et le.seul délabrement moral de la société où il vit a-t-il ranimé en lui les cendres de la foi éteinte? Les hommes sont peu regardants sur la fiction qui les recrute, du moment qu'il s'en présente une... Et l'on ne sait jamais bien ce qu'il faudrait savoir. On peut lire tous les livres, tous les journaux qu'on voudra, la réalité a des nuances qui ne ressemblent pas aux généralisations. Dans tout contexte, celui d'une époque, d'une région, d'un régime, il y a place pour des singularités individuelles ou collectives qui ne seront jamais répertoriées ; ne serait-ce que pour la folie d'un homme.

Cet ingénieur était le contemporain de Xeni. Et maintenant, pour lui, tout était dit, il avait accompli son histoire, apporté sa minuscule pierre à la chronique universelle. Cette vie avait signifié quelque chose. Il ne peut y avoir d'existence significative qui ne risque l'exil, la prison, la malédiction, la mort, ou simplement l'erreur. Celui-là n'avait pas cherché à savoir où tomberait son corps et ce qu'on en ferait. Est-ce qu'on enterre les morts, là-bas ? Est-ce qu'on les brûle ? Que restait-il de lui ? En quel point précis du monde, dans quel faubourg, dans quel cimetière d'hôpital ou de morgue, à Damas ou Alep ?

La vie passe sous nos yeux et nous ne la voyons pas. Le départ de l'ingénieur n'est pas en son temps un événement remarqué, commenté, estampillé. Nous sommes vers 1980. La révolution islamique est toute jeune encore. À peine si on commence chez nous à se souvenir, en lisant *L'Empire éclaté*, que dans l'URSS aux allures d'éternité grise, une bigarrure d'Orient, du vermillon, de l'outremer, du véronèse percent l'empâtement brunâtre et le vernis vieilli de la toile. Or, dans ce cheminement ignoré d'un jeune ingénieur caucasien, tout un avenir est en germe, qui reflue à présent sur nous ; il prophétise des événements que personne alors ne prévoit et qui vont bouleverser et reconstruire le monde : l'écroulement de l'empire soviétique, la renaissance de l'Islam conquérant. Un invisible fil, qui passe par l'Iran, l'Égypte, le Pakistan, le Soudan, l'Algérie, la Bosnie, relie l'ingénieur soviétique de 1980 à ce Khaled Kelkal abattu pendant l'été 1995, en France, dans la région de Lyon.

A-t-il laissé dans l'ex-URSS des amis, une famille ? Quelle a été sa vie durant la dizaine d'années passées au service de l'Iran ? Quelle place y occupèrent l'amitié, l'amour, le rire ? À quels souvenirs d'enfance songeait-il ? Quel arbre, quelle chambre, quel jardin, quels jeux revoyait-il ? À quelle date, dans quel endroit, à quelle heure avait-il pour la première fois embrassé une fille sur la bouche ? Il est troublant de penser qu'il aurait peut-être suffi d'une jeune femme, d'un amour, pour le retenir, le recruter... Il est troublant de penser qu'il existe sans doute, aujourd'hui même, des gens qui l'ont bien connu, qui pourraient peut-être nous donner sur lui des détails très inattendus... et peut-être une vérité sans aucun rapport avec tout ce que nous croyons savoir.

La vie passe sous nos yeux, mystérieuse et profonde, et nous ne la voyons pas; cependant elle nous parle, elle tente de nous parler.

XXVII

....

Chaque toile qu'elle aimait fermait un gouffre de froid, de gris, d'absence. Le temps qui éloigne et perd tout, l'oubli, le néant qui montent et s'étalent, le non-sens, l'entropie, l'effacement — les toiles peintes masquaient ainsi que des paravents ces béances d'un monde qui s'effondrait à tout moment sur lui-même, en lui-même.

Chacune prolongeait un moment humain qui durerait aussi longtemps que le cadre de bois, les pointes, les pigments.

Le temps passait hors des toiles. Chacune lui répondait. Chacune valait par sa réponse. Elle avait mis longtemps à comprendre le charme des paysages de ruines peints par Hubert Robert, où l'on voyait évoluer des promeneurs, des chevriers ou des archéologues — cependant que dans les parties de la composition encore soustraites à leurs regards, le spectateur pouvait voir déjà la statue, l'inscription, l'ouverture qu'ils allaient découvrir; en juxtaposant ainsi la permanence et l'imminence, le passé et le futur proche, ces tableaux figuraient ou rêvaient une mélancolique réconciliation du temps.

De même, cette chambre de Matisse, la porte-fenêtre ouverte, était un instant de toute existence : qui n'était pas un jour ou l'autre entré dans cette pièce, et n'avait recueilli l'évidence de la lumière, de la nappe à carreaux, du vase de fleurs ? Et quand bien même l'art du peintre, la matière qui est sur la toile et sa disposition en étaient l'unique sujet, à l'exclusion de toute signification préexistante, la toile n'en constituait pas moins un moment à jamais proposé, le moment du peintre et de son geste, que le regard à son gré rappelait, et qui contenait un frisson, une impression, une présence, ne serait-ce qu'un secret technique.

Manet, Degas avaient recouru à des cadrages hasardeux, irréguliers, visant à faire naître le sentiment de l'instantané. Un cheval sortait du cadre, le dos d'un spectateur cachait la danseuse, et l'on disait quelquefois qu'ils devaient à la photographie cette nouvelle philosophie de la composition. Rien n'était moins sûr. La photographie, en raison même des contraintes techniques, a longtemps exigé la pose, alors que la peinture n'a cessé de se demander ce que recèlent l'instant, la chute, la danse, la bataille, la cérémonie.

D'où l'émotion particulière des détails : la femme en bleu de Claude Monet, ou, bien loin des suppliciés, dans la *Crucifixion* d'Antonello, ce pré enclos de murs où travaillent des jardiniers. Elle était là, ils étaient là, même si le regard des visiteurs de musée ne s'y arrêtait guère; un moment avait existé au cours duquel le peintre les y avait déposés, de fines lignes parallèles disaient la chevelure du pinceau.

Toute la vie et l'univers procèdent de secrets instants repliés sur eux-mêmes, l'instant du peintre posant la touche, les conciliabules de poupées dans un vieux buffet décati, les instants d'amour, les instants de mort. Tout instant qui s'écoule referme une porte, à jamais.

....

XXVIII

Ce jour-là, ce matin du 31 mars 1814, dans le moment inaperçu où les yeux du jeune officier s'étaient arrêtés sur le groupe à cocardes blanches, l'esprit de chevalerie passait dans d'autres mains. L'acte du jeune marquis exalté, davantage encore qu'une injure, constituait un adoubement. Par ce geste, les Malars se dessaisissaient du présent, de l'avenir, de toute légitimité. À peine rentrés d'émigration, ils se séparaient moralement du pays retrouvé. Désormais seuls le peuple, les soldats pourraient identifier leur cause à celle de la nation; en d'autres termes, la République avait commencé d'exister à cette minute. Créée par Napoléon, la Légion d'honneur avait consacré la folie guerrière, la brutalité conquérante, l'horreur des champs d'agonie et de mort. Souillée par l'insulte, attachée au cul d'un cheval par un triomphateur qui n'avait pas même eu à vaincre, elle redevenait le sang, la liberté, l'âme de la France.

Rien, on l'a dit, n'indiquait que les Malars eussent à aucun moment montré qu'ils n'aboutissaient pas, ne se résumaient pas, ne s'achevaient pas à ce geste. Leur orgueil s'était refusé à toute parole, au plus petit signe susceptible de donner à croire qu'ils s'inclinaient devant l'époque. « Aller à Canossa ! » Le mot seul leur avait suffi à exclure l'examen de la chose. Jean comprenait, en un sens, ce raidissement. Il faut savoir être minoritaire ; il faut savoir sombrer avec une cause perdue. Tout lui disait pourtant qu'en partant de cette prémisse juste, ils s'étaient trompés ; que si le vocabulaire distingue la constance de l'entêtement, c'est que la vie comporte la différence... C'était bien compliqué.

À ce genre de questions, qui peuvent sembler oiseuses, à cette pesée laborieuse du pour et du contre, s'expose une conscience exigeante. Quels autres effets que ceux du scrupule se font-ils sentir dans l'intrigue qui relie le personnage d'histoire, son ancêtre, à l'historien contemporain ?

Voyons. D'un côté, Jean déplorait le jugement négatif, à tout le moins dédaigneux, que l'histoire avait porté sur Louis XVIII et la Restauration. Et sans doute y aurait-il eu beaucoup à dire sur l'avant-dernier des Bourbons, ses intrigues, sa mollesse, son cynisme, son amour immodéré et grotesque du confort physique et moral, sa désastreuse faculté à ne pas voir ce qui ne l'arrangeait pas... Mais quels qu'aient été les travers de l'homme, quelque degré de responsabilité qu'on reconnût au roi dans ce qu'elle avait de salutaire ou de regrettable, l'œuvre accomplie était là, indiscutable, et dans l'ensemble profitable au pays à la tête duquel l'histoire l'avait placé.

Le problème — le seul — était qu'elle fût d'avance compromise et salie par des gestes comme celui du marquis de Malars le 31 mars 1814. Gestes qu'elle comportait aussi, qu'elle tolérait. Elle en paierait le prix jusqu'au bout; elle le payait sans doute encore.

Quant à Fabvier, Malars avait aimé d'instinct ce personnage pour sa bravoure, sa loyauté, son désir indiscutable de servir. Ce n'est évidemment pas de gaieté de cœur qu'il avait accepté, en ce mois tragique, le rôle qu'on lui confiait. Pour ceux qui comme lui, si peu de temps plus tôt, étaient prêts à donner leur vie, les jours qui suivirent furent pénibles. « Il se sent mal à l'aise dans cette atmosphère d'internationalisme dont se grise Paris, où, à ce moment, on se plaît à jouer "au bon Européen", à se réconcilier et à fraterniser avec les adversaires de la veille », lisait Jean dans la biographie due à W. Sérieyx. L'allusion à 1940 lui parut si flagrante qu'il vérifia l'achevé d'imprimer : 1933. C'était incroyable ! Tout indiquait pourtant que Fabvier, en ces jours-là, était résolu au loyalisme. Depuis longtemps — au moins depuis la campagne de Russie — il réprouvait en silence la politique de l'Empereur. Ce n'était au fond que par désir d'aventure et de gloire qu'il s'était jeté dans la vie militaire. Il en était à présent rassasié. Les choses étant ce qu'elles étaient, il se sentait prêt à renouer sans états d'âme avec la monarchie. La Charte ne prouvait-elle pas chez Louis XVIII un souhait sincère de reconstituer sur de nouvelles fondations le pacte du trône et du peuple français ? L'anecdote du 31 mars était certes cruelle ; mais le roi ne pouvait pas avoir voulu cela. Il lui faudrait encore quatre ans pour aboutir à la rupture.

Or neuf ans plus tard, arrivant vers les Pyrénées à la tête de l'armée française, avec pour mission de rétablir l'absolutisme en Espagne, ce même duc d'Angoulême trouva Fabvier face à lui sur la Bidassoa, entouré de deux ou trois cents demi-soldes conjurant leurs frères d'armes de ne point tourner leurs fusils contre la liberté de l'Espagne. Un Malars encore était dans cette armée qui pointa le canon sur ses compagnons et sur lui. À cette date, Fabvier depuis longtemps déjà était un agitateur, recherché dans tout le royaume. Que s'était-il passé ?

Cette expédition espagnole était à bien des égards une tache sur l'admirable règne de Louis XVIII. Certes, la France avait reconquis à cette occasion son rang parmi les puissances européennes, se voyant autorisée, huit ans après les traités de 1815, à intervenir militairement hors de ses frontières. Elle se rouvrait ainsi les voies d'une influence en Méditerranée que parachèverait la conquête d'Alger en 1830. Mais, pourrie par le scandale financier, conclue par la misérable victoire du Trocadéro (« Et dire que ces gens-là croient avoir fait la guerre ! » soupirait le vieux maréchal Oudinot), cette opération diplomatico-militaire dont se glorifiait Chateaubriand avait abouti à l'innommable vengeance du Bourbon d'Espagne contre ses sujets.

Voilà ce qui le tourmentait, Malars, voilà ce qu'il lui fallait régler, voilà ce qu'il portait en montant le boulevard Saint-Michel, serré dans son loden bleu, le cartable à la main, l'air d'un vieil intello fatigué...

Il trouvait un paradoxal réconfort dans le fait que les Français d'aujourd'hui avaient de la Restauration une idée qui, si elle ne brillait ni par l'équité, ni par la mesure, du moins était vague ; et que s'ils n'avaient guère appris à reconnaître en Louis XVIII un de leurs grands chefs d'État, ils ne s'identifiaient pas davantage à un Fabvier, encore plus oublié, celui-là, que ce contre quoi il s'était battu. On trouvait sa trace en Péloponnèse, dans une chapelle de la délicieuse Nauplie, commémorant l'engagement des contingents étrangers dans la guerre d'indépendance grecque. Là-bas, cette histoire survivait, ces morts étaient présents. Mais en France... Il pouvait donc considérer que le terrain était libre, qu'il lui était loisible d'exhumer les éléments de cette histoire et, quoi qu'en pensât Xeni — qui tirait tout de même beaucoup ses opinions dans le sens de ses passions — la reconstruire sans braver des préjugés trop établis.

Il se posait une question en considérant ses étudiants. Si peu communicatifs qu'ils fussent, il avait en général l'impression qu'il ne leur déplaisait pas. Aurait-il eu cependant, s'il leur avait parlé des sujets qui le préoccupaient, la moindre chance d'intéresser, d'être entendu ?

Ce genre d'interrogation dessine la solitude d'un homme.

Il y avait de charmantes étudiantes. Malars était marié et plutôt du genre sérieux, pourtant il lui arrivait de rêver que l'une ou l'autre s'intéressât à lui, s'occupât de lui. « *Ti voglio bene* » : ce bien qu'elles nous veulent et qui n'est autre qu'elles-mêmes. Malheureusement il était bel et bien à craindre que les ultras, le général Fabvier, les histoires de Légion d'honneur n'intéressent guère les jeunes filles d'aujourd'hui. D'ailleurs, franchement, un homme qui emploie ce genre d'expression, « les jeunes filles d'aujourd'hui... » cela non plus n'intéresse guère les jeunes filles d'aujourd'hui !

Au bout du compte, l'inattention des femmes n'est rien d'autre que la mort des hommes.

Ce sentiment d'éloignement, de solitude, le rapprochait de Xeni. Leur amitié ancienne s'y retrempait. Il n'était pas difficile toutefois d'apercevoir le malentendu. Ce que l'un acceptait avec une philosophie toute classique, l'autre y était conduit par la révolte, la fureur, le dégoût de soi.

Poursuivant ses réflexions, Malars jugeait que la question n'était pas seulement dans ce qui avait séparé Fabvier de Louis XVIII : mais aussi dans ce qui séparait l'ensemble de ces événements, de cette histoire, de la conscience contemporaine. Il s'agissait d'arriver à comprendre — et il n'y parvenait pas — en quoi tout cela pouvait avoir aujourd'hui une quelconque importance. Cela en avait une, assurément : est actuel ce que quelqu'un, à un moment donné, actualise. Nos tourments ne sont pas sans objet. Louis XVIII,

Fabvier, le marquis de Malars : il y pensait chaque jour en lisant le journal, en regardant la télé. Il y pensait en écoutant Xeni. Pourquoi ?

Il finit par se représenter que si son projet de livre patinait ainsi, c'est qu'il n'en était pas seulement l'ordonnateur, mais un protagoniste. Il était lui-même et par toutes ses fibres mouillé dans cette affaire. Il sortait de la discipline histoire, de la méthode historique. Mais pour aller vers quoi ?

XXIX

Assurément cette histoire de prostituées était une provocation et un test. Xeni lui avait décoché cela froidement, et Gina savait bien qu'en s'abstenant de toute remarque d'ordre moral (elle n'avait fait que lui demander quel plaisir il pouvait y prendre), elle avait marqué un point.

Vraies ou fausses, les affirmations de Xeni sur ce sujet dénotaient, comme beaucoup de ses propos, une volonté obstinée, obsessionnelle, de piétiner ce qu'il fallait bien appeler une morale, plus ou moins acceptée par tous autour de lui, et qu'il mettait ainsi en évidence, désignait comme telle. Il est convenu de déplorer la prostitution comme un esclavage. L'opinion de Xeni (« On achète un service. Tout le problème est que le service soit bon, et il l'est souvent ») revenait à revendiquer le caractère purement mercurien de la situation; à consacrer la réduction du geste humain à une marchandise. C'était refuser hautement tout ce que peut comporter d'autre le rapprochement de l'homme et de la femme. On ne retrouvait même pas dans cette attitude le regard bon enfant, généreux, en somme réconciliant, des tableaux du début du siècle ou du cinéma ancien. Cela revenait à dire : « Je n'ai pas besoin de l'humanité. » Gina commençait à bien le connaître ; elle avait tôt repéré la manière dont le visage de Xeni se fermait parfois, se voilait d'impassibilité dédaigneuse. C'était le visage de quelqu'un qui proclame : « Je peux me passer de vous. » Quels maux avait-il donc soufferts pour lui parler ainsi, alors même qu'il venait à elle, et qu'on ne vient pas à quelqu'un sans espérance ? Toutes ses provocations, celle-là comme les autres, semblaient vouloir lui dire : « Allons, tu vois bien que je suis impossible. Tu vas me repousser. Regarde ! Bon Dieu, regarde ! Est-ce que je ne suis pas odieux, et pire encore, incapable de l'être autrement qu'en paroles ? »

Elle essayait de relier cette représentation à tout ce qu'elle pouvait savoir de lui. L'insistance sur la brutalité sans équivoque du rapport — l'argent contre la chair — ressortissait au refus de se raconter des histoires, de se payer de mots. L'homme qui a une heure à perdre peut aller au café, lire le journal, jouer au billard. Mais on ne peut jamais être sûr qu'on ne joue pas au billard faute de mieux, qu'on s'intéresse vraiment à ce qu'il y a dans le journal. L'homme qui s'en va forniquer n'a pas de doute à avoir. Il ne se paie pas de mots puisqu'il paie de sa poche, et cet argent même qu'il donne exclut toute illusion flatteuse sur les sentiments et les désirs de la fille qui se prête à lui.

Oui, cela ressemblait à Xeni. Et même, vu sous cet angle, cela l'ennoblissait de lucidité exigeante. Cela allait bien à un homme qui lisait Nietzsche et les stoïciens.

On pouvait également voir là une tentative de sortie hors de la vie sociale, du rôle joué. Le Xeni des prostituées, si Gina ne se trompait pas, était le jeune cadre de cinq ou six années plus tôt. Or, on ne va pas chez les prostituées au vu et au su de tous. Cela n'est pas marqué dans l'agenda. L'homme qui se propose ce loisir sort clandestinement de sa vie, change de masque.

Dans le même temps il se résigne à être cela : le client. Par là, il ne dénie pas seulement toute humanité à celle qu'il choisit : il se dénie toute singularité à lui-même. Dans le miroir d'indifférence que la prostituée lui tend, n'importe quel homme ressemble à tous les hommes. Ce que sait la prostituée, mais elle le sait sans aucun doute possible, c'est que les idées d'un homme, son métier, ses passions sont secondaires. Tous pareils. Ils veulent la femme, voilà tout. L'homme qui entre dans le réduit sur les pas d'une fille s'identifie pour les prochaines minutes à tous ceux qui en ce bas monde, à Ostie au temps des Césars, à Londres au temps de Marlowe, à Chicago en 1930 ou ce matin même à Milan ou Moscou, ont pensé à la même chose et marché du même pas après le même conciliabule. Il vient chercher dans ce miroir son être secret, général et incontestable. Toutes les défroques restent pendues au portemanteau de la turne. Avec son pantalon l'homme retire son rôle et ses titres, père, époux, employé, directeur ou manœuvre. L'homme auprès des putains n'a plus même de nom, il est comme le nouveau-né qui n'en a pas encore. Peut-être devrait-on laisser les bébés sans nom deux ou trois jours, au lieu de se jeter sur eux avec l'oncle Jules, le parrain Marcel, et Kevin à cause de Kevin Costner (tu t'appelleras Kevin Marcel Jules). L'homme auprès des putains remonte en deçà de tout ; au point où peut-être on pourrait se recommencer.

L'innocent bouddhisme de Mortier ne tourne-t-il pas autour du même drame : le drame, inévitablement grotesque, d'être celui que l'on est ?

....

Tout le bruit du monde, pourtant, ses urgences, ses empoignades, ses grimages, il arrivait qu'ils s'en déprissent, que Paris s'éloignât derrière eux comme autant de décors, de voiles qui s'accrochent encore aux épaules et glissent, et retombent au loin. Il arrivait que le silence enfin n'environnât plus qu'un homme et une femme. C'est pour cela que les amants s'en vont en voyage. Et une fois qu'il ne reste plus rien qu'eux-mêmes, au milieu d'une foule ou dans une maison perdue, alors ils ne laissent revenir de l'univers que ce qu'ensemble ils choisissent, un chemin, une musique, une branche odorante de lilas, quelques paroles muettes dans un livre, éveillées à mi-voix pour eux seuls.

Il y avait des moments où ils étaient enfin un homme et une femme qui se reconnaissaient à même hauteur de vie, étrangement semblables comme l'un et son reflet. Alors cette poigne d'ombre au plus profond de lui semblait desserrer son étreinte. Gina espérait tout de ces instants, elle lui concédait pour eux tout le reste, seule comptait l'ardeur, brûle le monde si tu veux...

Il s'était laissé emmener en Belgique, au musée d'Anvers où elle voulait revoir certaines toiles. Il savait les regarder, non pas en érudit, en connaisseur, en savant, mais en homme aux yeux de qui tout ce qu'a laissé l'effort humain, en tous domaines, est digne d'être examiné avec sympathie et respect. Gina en était heureuse, comme, en tel autre moment, de sa compassion rieuse, mais réelle, envers la malheureuse Marie-Berthe.

Gina en était heureuse et elle se trompait.

Elle ne saurait pas de quel désespoir l'emplissaient la beauté d'un Chardin, d'un Fragonard, et plus encore le bonheur qu'elle y trouvait. Il en concevait la même mélancolie qu'en écoutant Jean lui parler de ses travaux, de son livre futur. Jean demeurerait en accord avec le monde. De même, Gina était de ceux que la beauté rend heureux. Ils ne voient le monde qu'à travers les toiles des peintres, et tout en est consolé. Lui ne ressent que l'impossibilité d'être sauvé par cela. Il le voit, il le comprend et n'y peut rien. Gina sera heureuse avec ses peintres. Ils lui cacheront les précipices. À chaque minute ils lui apprendront à aimer la vie, les visages, l'instant. Pour elle, pour Jean plongé dans les Mémoires, les documents, le monde est une caverne aux merveilles. Le ciel des peintures, le temps de l'histoire enveloppent l'univers humain. Tout y a sa place. Ils seront sauvés. Il les bénit.

Ces heures de la vie qu'il aurait voulu anéantir... Ce passé dans lequel il y a des faits, des moments à la fois intolérables et qui sont lui-même... Tout ce qu'il pouvait dire du monde extérieur revenait à faire semblant de croire qu'il n'était pas, lui, la raison même de son dépit, de sa rogne, de son malheur.

Ne jamais trouver autre chose que soi-même, soi-même. Comment se délivrer de ce film qui repasse éternellement, en boucle, et qui est sa punition ? Il le donne à entendre, quelquefois, mais personne ne saura, pas même Jean ou Manuel, ce qui est en lui, à l'empoisonner. Jamais. L'aveu psychologique : l'immonde épandage des modernes. Ils vont s'allonger chez le psy. S'allonger : le même mot qu'on emploie pour le truand qui lâche tout, qui balance les copains. Tous chez le psy à déverser le petit seau à ordures de leur moi insignifiant, et à se trouver importants...

Et voilà, c'est reparti contre le monde.

Gina, peut-être, si la situation entre eux évolue comme il peut l'espérer ?... Et aussitôt il lui prend l'envie de s'ébrouer, comme un vieux cheval qui chasse les mouches. Croire à cela ! L'amour. Et pourquoi pas au Père Noël...

Il vaut bien mieux désespérer de tout.

XXX

Manuel s'en rendait compte, à présent qu'il avait décidé, une bonne fois pour toutes, que rien n'allait de soi : il avait été forgé, modelé par Monique, par celle-là et pas une autre. Ils s'étaient connus à un âge où les opinions, les habitudes, les modes de vie sont infiniment variables ; où la négociation entre le tempérament et le monde extérieur, entre le voyageur et la ville, n'est pas encore achevée. Ils s'étaient construits l'un l'autre. Et s'il distinguait mal ce qu'il avait infléchi en elle (eh bien, pourquoi ne pas le lui demander, un de ces soirs ? cela l'intéressait encore), il voyait avec évidence ce qu'elle avait orienté en lui.

De tels constats ouvrent devant l'esprit des perspectives troublantes. Leur rencontre avait été, comme toutes les rencontres, un hasard. Il se souvenait fort bien que trois jours plus tôt, il avait une autre fille en vue. Il s'en était fallu d'un soir où elle n'était pas là... Et peut-être, avec l'autre, les choses n'auraient pas duré; peut-être ne se serait-il rien passé du tout. Mais la seule préoccupation aurait pu suffire pour que, tout simplement, il ne prêtât aucune attention à Monique. Et voilà comment se décide l'avenir du bonhomme.

Cela n'est pas de nature à l'inquiéter. Il n'a pas de vision préétablie, architecturale de lui-même. On est toujours recruté par quelqu'un ou par quelque chose. Être fabriqué par Monique offrait d'indéniables avantages.

Mais il en résulte aussi — et ce n'est plus une spéculation, c'est une idée très concrète — que séparés l'un de l'autre, ils n'ont plus, il n'a plus tellement de sens. Comparaison idiote, mais qui s'impose à lui : il se retrouve comme la moitié d'une pince à linge, arrachée à son ressort de métal.

XXXI

Le jeune vendeur du magasin d'optique est d'une amabilité et d'un professionnalisme qui font souffrir pour lui. Propret, lunetteux lui-même, il a adopté jusqu'à la caricature le style technicien, conseiller, ou mieux encore : consultant ! Il faut le voir s'affairer autour de l'appareil vidéo à piédestal articulé. Grâce à lui, le choix d'une monture et d'une qualité de verres (minéral, organique, couche de protection anti-rayures) devient un moment presque lyrique. C'est un cérémonial où le client et lui se donnent, sur son initiative, le spectacle de leur profonde compréhension mutuelle, de leur respect entre gens sérieux.

Car l'enjeu, qui ne le voit ? est considérable. Le client ne peut qu'être un homme dont les hautes responsabilités exigent des lunettes efficaces en même temps qu'élégantes, des lunettes qui n'introduiront dans sa vie importante aucune gêne, aucun frottement, aucun accroc ; qui seront à la fois le signe et la sanction de son modernisme, de sa compétence, de son pragmatisme intelligent, de sa bonne organisation. On ne parlera même plus de perfection, mais de « zéro défaut ». Le client doit sortir de là convaincu qu'il y a sur terre des gens de bien ; que la fabrication de ses lunettes fait à partir de cet instant l'objet des soins de mille techniciens invisibles, tous plus responsables et professionnels les uns que les autres.

Souvent d'infimes épisodes sont la porte ouverte, le soupirail par où apercevoir toute profondeur, les secrets, ce qui se passe vraiment. Ainsi Xeni — une autre part de Xeni, pas celle qu'il met le plus volontiers en évidence, mais pas moins authentique, davantage peut-être — se révèle pour Gina dans une banale histoire de lunettes.

C'est un samedi après-midi. Elle s'est rendue avec lui au magasin d'optique. Et durant les dix minutes passées là, ils ont à deux ou trois reprises échangé un sourire causé par le comportement du vendeur. Ce jeune type prend à cœur de ressembler aux banquiers ou aux assureurs que l'on voit dans la pub, qui vous suggèrent des placements. Il s'est coulé dans le rôle avec une abnégation enthousiaste, d'autant plus poignante qu'elle est naïve. Il a les cheveux fixés avec du « gel ». Il chausse lui-même des lunettes de démonstration avec des verres de deux qualités différentes qui le font bigler.

Gina, qui s'attendait à autre chose, a constaté l'espèce d'émotion, d'affection, de compassion que ce personnage semblait inspirer à Xeni. Jamais elle ne l'a vu plus souriant, amical. Il a chaleureusement remercié le vendeur, il lui a posé la main sur l'épaule. Ensuite, sur le trottoir, il a commenté, apitoyé et amusé, riant et regrettant de rire :

— C'est atroce... Ce pauvre diable... Le devenir-fiction du monde à lui tout seul ! L'été prochain, il se paiera le voyage organisé chez les Papous. Il dira que les vacances servent à retrouver « un petit peu » d'authenticité. Il n'y aura vu que du feu. C'est horrible. Pauvre tortue !

Pourquoi Xeni parle-t-il des Papous ? Voici.

Il y a quelques années, un jeune géographe du CNRS monta une expédition pour aller à la rencontre des tribus papoues vivant dans un des très rares endroits encore inexplorés de la planète, quelque part en Nouvelle-Guinée. L'expédition était cofinancée par une chaîne de télévision et une grande entreprise, au titre du mécénat.

Il rencontra ces Papous, qui n'avaient jamais vu l'homme blanc, ne savaient pas qu'ils vivaient sur une île, n'avaient pas la moindre idée du reste du monde, ignoraient que la terre fût ronde et qu'il y eût d'autres continents, et toute l'immense histoire universelle avec ses civilisations et ses guerres. Il les filma. Ils furent très étonnés de se voir dans le petit écran de contrôle de la vidéo. Au retour de l'explorateur, son film fut diffusé à la télévision et projeté au cours de diverses conférences.

Xeni avait assisté à l'une de ces conférences, invité par la société mécène, pour laquelle il avait travaillé quelque temps plus tôt. Au cours de la discussion qui suivait, il était intervenu pour dire toute l'indignation que lui causait une telle entreprise :

— Vous constatez que l'entrée de ces Papous dans la civilisation est irréversible. Mais c'est vous qui l'avez rendue irréversible. Vous espérez, dites-vous, qu'elle se fera sans dommage pour leur culture. C'est de la pure hypocrisie ! Il y a des sociétés de voyages qui cherchent des destinations rares pour des clients pleins aux as. Elles les emmèneront chez les Papous, comme elles les emmènent à Lhassa, voir ce qui reste du génocide d'un peuple ! Dans cinq ans, vos Papous auront des tee-shirts et des radio-cassettes. Ce sont eux qui voudront la vidéo, pour se gorger des ordures de la télévision américaine.

Et comme entre tant, il y aura bien eu quelques salopes pour se faire baiser par eux, on verra apparaître le premier cas de sida. Et voilà le beau travail que vous aurez fait. Tout ça pour proposer des voyages excitants à la petite bourgeoisie planétaire !

Tels étaient les propos qu'il n'avait pas hésité à proférer au micro devant trois cents personnes, et qui avaient naturellement soulevé une tempête. La remarque sur les « salopes » avait suffi à dresser contre lui la partie féminine de l'assistance. L'explorateur, ployant sous l'accusation, furieux — mais, semblait-il, légèrement mal à l'aise —, avait tout de même fait valoir un argument : tôt ou tard, ces Papous « auraient été découverts ». Il y avait notamment des sociétés minières qui s'intéressaient à la région. Au moins ne pourraient-elles pas tout ravager discrètement, l'existence des Papous serait connue de l'opinion.

— Monsieur, vous êtes en train de nous expliquer que vous défendez les Papous contre ceux-là mêmes qui vous sponsorisent, ou leurs semblables !

Etc. Et cette histoire aussi, de même que celle de la pauvre Marie-Berthe et de la photo, rassurait Gina. Sans apprécier outre mesure, elle non plus, l'évocation des « salopes », elle y voyait néanmoins l'humanité de Xeni, sa capacité de compassion et de révolte.

Elle l'admirait de pouvoir ainsi défier une assemblée. Elle ne doutait pas un instant que Xeni fût capable de se faire casser la gueule.

Il avait pratiqué les sports de combat orientaux. Il lisait Sénèque, Épictète. Il construisait méthodiquement sa singularité, sa solitude. Une idée se forma en elle.

— Tu te prépares à quoi ?

— Je ne sais pas. Assurément, à ne plus être des leurs.

XXXII

Tous aussi cons les uns que les autres.

De douze ans d'expérience, Manuel a retiré une conclusion : le vrai, le seul problème dont s'occupe la police, ce n'est pas la violence, les délits, les bagarres, l'overdosé de minuit, le videur de caves, le soûlaud qui dégueule au bistrot en faisant du tapage, le fou de la pleine lune. C'est la connerie humaine.

Il faut faire ce métier pour sonder, soupçonner, se représenter les gisements de connerie dont regorge le sous-sol. À quel point ils sont tous bouchés à l'émeri, bornés, mélangeant tout, pas foutus d'écouter une phrase. Tu leur gueules dans les oreilles et ils n'ont pas entendu, pas compris ; non pas qu'ils soient sourds ; mais ils sont cons. Hugo n'a oublié qu'une chose dans sa dénonciation de l'injustice : la connerie. « Tant qu'il y aura sur terre ignorance et misère... » Et connerie, grand-père ! Et connerie. « Compliquant d'une fatalité humaine la destinée qui est divine... » Et la connerie, grand-père, la connerie. Qui est divine. Ah, il ne risque pas d'être devenu raciste, lui ! S'il y a aussi con que le Français moyen, c'est le Malien moyen. Le « sans-papiers », neuf fois sur dix, ce qu'on ne dit jamais, c'est qu'il est aussi épaissement sournois, infantile, crétin et de mauvaise foi que le Blanblanc avec papiers, lui, et qui en est fier, il est normal, il va en vacances aux Seychelles, il a la nouvelle 406. Qu'on lui a volée, justement. Imbécile. Et le jeune des cités ! Ah, le jeune des cités ! Le cher jeune des cités, obligatoire objet de notre sollicitude ! Qui n'a pas payé l'impôt compassionnel ? Cent mots de vocabulaire, et encore, pris à contresens. Des raisonnements de débile. Binaires, les mecs. La casquette en arrière, l'air intelligent que ça leur donne. Oh, putain. On n'en finirait pas. Sait-on que soixante-quinze pour cent en moyenne des bagarres entre voisins, entre conjoints, entre copains, éclatent le dimanche soir à vingt-trois heures ? C'est-à-dire une fois la télé éteinte ? Quel philosophe en tient compte ? Que sait-on de l'homme si on ignore ça ? Et Xeni qui dit du mal de la télé, seigneur ! Au contraire ! Qu'on leur en donne ! Qu'on leur file un porno et qu'on ait la paix ! Le petit-bourgeois, lui, c'est autre chose. Entrer au bureau de police parce qu'on lui a piqué sa bagnole, ça lui donne un certain frisson. Il tient à montrer quel type raisonnable il est. Conscientisé ! Pensez donc, un homme qui lit la *Pravda* tous les soirs à six heures ! Il en tirera des conclusions. Il trouvera qu'il est quand même un chic type, après ça, de ne pas voter sécuritaire. Bon, c'est pas leur faute à tous, soit. Mais sadique, ça vous rendrait. Une envie de faire marcher tout ce monde à coups de pied dans le cul, le coup de pied dans le cul considéré comme un Droit de l'homme, de l'homme qui le donne, sans les écouter, les uns, les autres, les petits délinquants, les pédés en délire, le bistrotier, les fils d'Allah, les fils de Dieu, pauvres cons, tous égaux devant le coup de pied au cul. Si la police avait le droit de se montrer plus brutale, cinquante pour cent des conneries qu'elle hérite seraient réglées sans elle, ce serait autant de gagné. Mais l'officier de police doit garder son calme. Article 1er, le commissaire est bon enfant. La société se divise en deux classes : ceux qui se déballonnent et ceux qui se retiennent. Ceux qui se retiennent ont pour mission de torcher les saletés de ceux qui se vident. La qualité de bon citoyen est reconnue à celui qui s'abstient de se vider. La rétention, première vertu moderne. Muscle-toi la rondelle, mon bonhomme. Bois pas, fume pas, viole pas, cogne pas, condamne l'intolérance, donne cent balles au Sidaction et soigne ta gastrite.

« Et dire que je suis quand même de gauche. » Xeni cogne dur sur la gauche, les « bons sentiments » de gauche. Et Manuel voit bien ce qui l'y autorise. Il y a en réalité fort peu de différence entre lui et un flic qui se dirait de droite. La vie comme elle va crève les digues de l'opinion, inonde les polders du raisonnable. Est-ce un argument pour renoncer ? Tout laisser aller à vau-l'eau ?

Ainsi Manuel voit-il l'expérience de la proximité comme celle, avant tout, de la contradiction. Si Xeni peut porter sur le monde qui l'environne un jugement si catégorique, c'est tout simplement parce qu'il s'éloigne. L'un n'est pas la conséquence ni la cause de l'autre : les deux vont de pair. Il porte un jugement de plus en plus apocalyptique au fur et à mesure qu'il s'éloigne.

Malars se juge un frustré d'une espèce plus courante. Un frustré, oui. Tel il se voit, bien que ce genre de terme lui paraisse représenter la vulgarité de l'époque.

Tout homme qui a une fois hésité sur ce qu'il est vraiment, sur ce qu'il veut vraiment; tout homme qui s'est une fois demandé si toute sa vie n'était pas un mensonge, l'esquive indéfiniment reconduite d'un seul problème, devrait comprendre que la question des récits n'est pas un jeu intellectuel.

Ce Noir, dans le métro, direction Levallois, qui avait une mallette en cuir, des lunettes cerclées de métal blanc, un costume d'assez bonne qualité, une chevalière au doigt, et qui racontait seul, à voix haute, sa vie rêvée d'important cadre d'entreprise. « Environ un quart de mon temps est consacré à nos investisseurs américains. Les convaincre du bien-fondé de notre stratégie est une question de vie ou de mort. Ils représentent une part considérable des disponibilités financières planétaires. J'ai la haute responsabilité de défendre devant eux la pertinence de nos lois sociales du travail. C'est ainsi l'avenir de milliers d'employés français qui est entre mes mains. Il faut en être conscient. » Il y en avait dans la rame qui se marraient. « Curieux », songea Malars, qui avait prêté attention au contenu de ce rêve éveillé. « L'idéal de ce type, ce que sa mythomanie lui suggère de plus éclatant, de plus valorisant, c'est d'être un larbin. » Mais il ne le trouva pas si différent de lui-même, asservi aux errements d'hypothétiques aïeux.

Il n'en reste pas moins que délégitimer les interrogations de Malars, n'y voir que les manies d'un vieil intello déclassé, c'est se priver de ce que son point de vue peut révéler ou apporter, c'est s'enfermer dans l'ici et maintenant, c'est choisir une hypothèse dont la probabilité n'est pas plus grande, mais la pauvreté plus assurée.

Il en va de même pour Xeni. Que beaucoup trouvent consternant. Jérôme, par exemple. Déjà Manuel l'a vu tiquer plusieurs fois. Il n'a rien dit, il était invité à se joindre à eux, c'est un garçon bien élevé. Mais ces deux-là, c'est clair, ne se comprendront jamais.

Dommage. Les raisonnements de Xeni, pour excessifs, ou, comme disaient certains, « dangereux » qu'ils paraissent, constituaient aussi une manière de trouver le point hors du cercle. Sa vision soulevait notre monde, comme le génie des contes orientaux soulève des palais, Bagdad entière. Elle en montrait le caractère relatif, limité. Nous étions une version de l'homme, très circonscrite et sans doute peu « réaliste ». Au radotage humaniste et moral de l'Europe moderne, à tout instant démenti par les faits, il opposait l'éternelle et l'énorme violence de l'homme.

C'était peut-être choquant — parce que Xeni ne jugeait bon de s'exprimer qu'en heurtant — mais valait tout de même qu'on y réfléchît. Adopter une attitude de réprobation morale, c'était rejeter quelque chose sans avoir cherché à le comprendre. C'était restreindre délibérément, autour de la conscience, la portion d'univers intelligible.

Oui, on peut toujours construire le personnage à coup d'images préconçues. En 1815, c'est : Louis XVIII, le gros cochon, le monarque ramené dans les fourgons de l'étranger. On peut toujours. On ne risque d'y perdre que le réel. L'inconvénient des réponses, c'est d'interdire la question.

XXXIII

— Nous comprenons, nous respectons, nous saluons le combat des peuples d'Islam...

Un étonnement mâtiné d'inquiétude se fait nettement sentir parmi l'assistance.

— ... dans leurs pays !

Ah ! Ouf ! L'orateur sourit, conscient d'avoir réussi un joli tour de trapèze volant.

— ... Comme nous saluons avec émotion la mémoire de Standing Bear et de Geronimo, des peuples indiens victimes du génocide puritain de l'Amérique...

(Pourquoi pas, s'il y tient.)

— ... Ou bien les grands peuples mandingue, peul, zoulou...

(Des nègres, à présent ?)

— ... et l'admirable civilisation africaine, qui fit naître les empires songhaï ou achanti...

(Bon, soit. S'il le dit.)

— Car la destruction culturelle et identitaire

qu'ils ont subie n'est pas différente de celle que doivent aujourd'hui redouter la civilisation et l'homme européens...

(Tout de même, on y arrive.)

— ... pris entre l'effroyable déroute mafieuse du communisme...

(Ça, c'est pour convaincre l'assistance qu'elle ne s'est pas trompée d'adresse.)

— ... et la soumission au cosmopolitisme obligatoire, c'est-à-dire à la dictature de la finance *apatride* !

(Ça, c'est le retour du refoulé.)

Depuis le bas-côté où il a pris place, Xeni observe le public : beaucoup de troisième âge style Neuilly-Auteuil-Passy, quelques jeunes gens avec des fiancées silencieuses et jolies, un garçon arborant un livre de Léon Daudet. Plus haut, un type d'une quarantaine d'années avec un autre, plus vieux, la même tête, à l'évidence son père. Drôle de couple. Et puis un chevelu qui doit vraiment, lui, s'être trompé d'adresse, à moins qu'il ne soit en patrouille chez l'ennemi ?

L'orateur en arrive à la partie philosophique de son exposé. Avec conviction — c'est un de ces hommes dont on dit qu'ils ont de la tchatche — il brasse l'anthropologie, l'histoire de l'art, l'économie, Vico et Joseph de Maistre, Voltaire et Margaret Mead, Vinci et Baruch Spinoza (il insiste sur : Baruch). Derrière Xeni, il y en a qui parlent d'autre chose. « Charles dit qu'on devrait chercher du côté des Andelys... Les prix ne sont pas encore parisiens... » Il se retourne, sourcils froncés, pour les faire taire.

À la tribune, l'homme européen n'a plus qu'à reprendre conscience de son Être, il est grand temps. Le conférencier, fondateur et directeur de la revue *Antinéa*, semble avoir apporté dans son gros cartable tous les accessoires nécessaires. Un peu de celtitude, pour commencer. Et puis de l'hellénisme, quelque peu satrapisé, le genre Mausole; on sent que le penseur aime bien le côté Anatolie, Mésopotamie, Indus. Pour d'obscures raisons, il ne semble guère porter « le Nazaréen » dans son cœur, ce qui ne l'empêche pas d'intégrer Clovis, saint Wladimir et les cathédrales, sauf celle d'Évry, bien sûr, « salmigondis de symboles maçonniques ». Quelques empereurs, Romanov et Hohenzollern, viennent ensuite prendre place dans le tableau, sans doute à cause des aigles. C'est beau, les aigles. Curieusement le bouddhisme n'est pas mal vu : l'orateur « salue » le Thibet, « victime du génocide maoïste ». À n'en pas douter, cet homme aime saluer les victimes des génocides. Le génocide des Indiens, le génocide du Thibet. Et puis aussi celui du Thibet. Et celui des Indiens. Là-dessus, de la chevalerie; du Baltazar Gracian; du Nietzsche.

Cela soupire ferme sur les sièges de l'amphi. Il y en a qui regardent l'heure. Les petits jeunes en bas prennent des notes, mais les voisins de Xeni sont retournés aux Andelys, avec crochet sur Lyons-la-Forêt et retour par Verneuil-sur-Avre. Le directeur d'*Antinéa* paraît sentir le flottement et entreprend de faire conspuer d'urgence Elie Wiesel, les Delors père et fille, et, *the last but not the least*, Mgr Gaillot. Bien visé : l'assistance se réveille, des rires fusent, des applaudissements se font entendre. On se retrouve en pays de connaissance, pour ainsi dire en famille. « ... Mais nous n'avons pas encore vu d'ayatollah qui prenne la défense des Français ! » Ah, ça c'est envoyé, au moins ! Nom de nom. Ça fait du bien. Ce que tout le monde pense tout bas ! Non mais, à la fin.

On se lève dans la bonne humeur.

Xeni, qui a lu quelquefois dans la revue *Antinéa* des études intéressantes, et qui a déjà rencontré son directeur — c'est pourquoi il a reçu une invitation — s'attarde à l'issue de la causerie pour aller le saluer. L'orateur, à une petite table, vend ses livres, dédicacés. Il en remet un, avec une courbette et un sourire, à une dame en manteau mauve et cheveux bleus qui lui tend deux cents francs. Il prend de la monnaie dans une boîte en fer. Ensuite, plus grave et paternel, il discute avec des jeunes gens. Xeni s'approche. L'autre se lève, quitte sa table, main tendue.

— Je suis content que vous ayez pu venir.

— Honnêtement, combien de gens parmi ceux qui étaient là lisent-ils vraiment votre revue ? Hormis les blagues sur Gaillot, combien s'intéressent à ce que vous dites ?

L'autre rigole, lève une main, dans le genre « n'en dites pas plus, je vous ai compris » :

— Vous savez, il faut perdre bien des illusions, et faire avec ce qu'on a ! Déjeunons ensemble un de ces jours, voulez-vous ? J'aimerais que nous parlions... sérieusement.

(« Nous ne sommes pas comme ces cons-là. »)

Xeni s'éloigne, après une vague promesse de l'appeler au téléphone. Peut-être le conférencier ne se doutera-t-il jamais que ces quelques mots l'ont, à ses yeux, définitivement déconsidéré.

À présent Xeni traverse à pas lents l'esplanade des Invalides, en direction de la Seine, avec l'impression de malaise, de salissure, qu'on éprouve quand on a trop bu avant de se mettre à table. L'endroit est à peu près désert à cette heure du dimanche après-midi. Le vent s'y agite sans conviction. Un soleil guère plus entreprenant jette sur les façades un ton de sciure. C'est soudain la vision d'un monde anéanti, d'une immense sépulture à ciel ouvert, monumentale, historique, à tout jamais dépeuplée. Une femme blonde en manteau noir promène son chien à cent mètres de lui dans ce mauvais rêve signé Chirico.

Et voilà encore une image, un moment, que rien n'effacera plus. Un dimanche après-midi, il aura été ce zozo, cet hurluberlu, cet égaré, qui n'a pas même été capable de se lever, de descendre à la tribune, et de calotter cet imbécile, et de pisser, à pleines burettes, sur la revue *Antinéa*. Il aura été ce jobard qui pendant une demi-minute, et même bien plus que ça, a pu croire un mot, un traître mot, de n'importe laquelle des deux cents pages de n'importe lequel des onze numéros parus de la revue *Antinéa*. La chevalerie ! L'homme occidental !

Tiens, le papa et le fiston de tout à l'heure. Deux têtes courbées, deux solitudes lourdes, lentes, ruminées, qui s'éloignent, du côté de l'hôtel Biron. Vers quelle dérision quotidienne retournent-ils, ces deux pitoyables ? Y a donc pas de maman ? Horrible. Horrible. La chevalerie... Oh, putain... Et il gémit tout haut, sur l'esplanade des Invalides, encore une fois, comme on supplie en rêve ses bourreaux...

Il n'y a plus maintenant que lui et la femme

blonde en manteau noir. Le chien s'arrête au bout de sa laisse, arque le dos; et l'on voit poindre, croître et choir, très délicatement, la crotte.

XXXIV

Jérôme et Jean de Malars, le grammairien et l'historien, se sont trouvé des terrains d'entente, du côté du canular et de la fine ironie. Ils montent par jeu une thèse fictive : « La guerre des langages dans les provinces françaises à la fin du XXe siècle. »

— On peut comprendre la résistance des Occitans ou des Bretons à l'imposition du français dit « national » : cette résistance était d'essence locale, populaire, démocratique. La situation est très différente aujourd'hui. À la fin du XXe siècle, dans les provinces françaises, les parlers locaux sont attaqués non plus par les instituteurs de la République, mais par la communication médiatique et publicitaire, laquelle d'ailleurs s'attaque aussi au français. Un phonéticien a pu étudier en Auvergne le cas d'une jeune vendeuse dont il est prouvé qu'elle est née là et qu'elle y a toujours vécu — et qui n'a pas l'accent de la région. Elle a spontanément un accent devenu très observable en région parisienne, marqué par une forte nasalisation et l'introduction de désinences fictives à la fin des mots — au revoir se prononce en réalité : orvoir-e ! — accent qu'elle n'a pu attraper qu'en imitant ce qu'elle entend à la radio.

Manuel est intéressé : cela rentre dans ses questions, que se passe-t-il vraiment, l'ethnologie de l'« ici et maintenant ».

Xeni rigole.

« Alors, les deux érudits poussiéreux ! » Il est en forme. « Regardez-moi celle-là là-bas au comptoir, vous je sais pas, mais je me la tirerais bien. Regarde ce cul, nom de Dieu. Et ce petit air prétentieux. Je lui ferais dire encor-eu comme ton Auvergnate. Un whisky, s'il vous plaît. » Redevenu sérieux : « Vous avez raison, c'est consternant. Les gens sont plus des gens, ils sont fabriqués par la téloche. Je vous ai raconté l'opticien ? Je vous ai pas raconté l'opticien ? Alors faites-moi penser à vous raconter l'opticien. »

Jean aime voir Xeni comme cela. Rageur, drôle, pétulant.

Donc, la guerre linguistique dans les provinces françaises à la fin du XXe siècle. N'importe quelle région française donne à observer la persistance d'un vocabulaire et de tournures syntaxiques locaux. Cependant les instances médiatiques introduisent un langage nouveau, qui n'a été voulu ou pensé par personne, qui n'est rien d'autre que le langage... des instances médiatiques.

— Et qu'est-ce que vous faites des immigrés, intervient Manuel, qui ne pannent rien ni à l'un ni à l'autre ?

— Les conquérants du monde romain se romanisèrent, continue Malars ; et Clovis adopta la religion de ceux sur qui il ambitionnait de régner. Nous avons ici le cas d'une domination qui a le loisir de s'exercer sur un terroir sans même s'y trouver, sans jamais y mettre les pieds ! Il n'y a donc aucune contamination par l'espace local, aucun effet de dilution ou d'échange. Cette apparition d'un langage imposé d'en haut n'est pas sans précédent : les instituteurs de 1900 ne faisaient pas autre chose. Du moins le but était-il clair ; la République faisait prévaloir son récit du monde. Aujourd'hui, n'importe quel enseignant s'est trouvé dans le cas d'avoir à défendre, voire à justifier, le langage qu'il exige, contre celui des affiches ou de la télé. Lequel n'a pas d'objectif connu.

Xeni s'intéresse à ce dernier développement. Les hussards noirs de la République, les petites écoles semblables bâties sur tout le territoire, avec leur cour, leur préau, leurs marronniers : ces images éveillent en lui la nostalgie de l'idylle, d'un monde bienveillant et révolu :

— On modelait les gens, dit-il, en fonction d'une pensée qui représentait une autorité, mais aussi un idéal humain. La République était un équivalent de la grammaire, non pour les mots, mais pour les hommes. Aujourd'hui les gens se laissent fabriquer par quoi ? Par des pubs d'agences de voyages, par les cochons de la télé. N'importe quoi. Cela me fait penser au discours alarmiste sur les sectes, que je commence à trouver de plus en plus suspect... Il présuppose un peu trop que nous serions normaux, nous autres... Que nous ne serions pas déjà lessivés, du cervelet au trou du cul, par l'immense, planétaire et molle secte du JT, des loisirs obligatoires, de la bagnole partout, du bêlement droit-de-l'hommiste et démocratique d'ailleurs parfaitement formel... Tu as raison, ce sont là des pouvoirs sans nom, sans visage, sans but avoué... Mieux vaut une domination bien identifiée, et efficace. Les gens sont comme du saindoux. Ils se laissent aller à n'importe quoi. Ils salissent.

Jérôme :

— C'est en appeler à un pouvoir fort ?

L'autre, catégorique :

— Oui. Si vraiment tu veux savoir, oui ! Avec un pouvoir fort, on a au moins une chance que quelque chose d'intelligent soit conçu et appliqué. Ou bien que quelque chose de répugnant, mais qui séduit les foules, soit évité. Hitler et Staline ne nous ont pas rendu service : ils ont à jamais disqualifié la noble idée de dictature, le despotisme éclairé dont nous aurions besoin. Ainsi, je regrette qu'il n'y ait pas eu de dictature pour réserver, une fois pour toutes, les bagnoles aux services de l'État. Les gens sont cons, ils font n'importe quoi. Je crois à l'ordre qui éliminerait leurs nuisances. Oui, au fond, je suis partisan de la dictature.

La réprobation la plus vive se peint sur les traits de Jérôme. Pire que la réprobation : la consternation, la prise en compte définitive du fait qu'il lui sera désormais impossible d'avoir avec ce personnage des rapports autres que polis, et encore.

— Je ne conçois pas, dit-il avec un calme lourd de sous-entendus, qu'on puisse émettre des conneries pareilles. La dictature pour éviter — comment as-tu dit ? — quelque chose de répugnant mais qui séduit les foules ?... Mais tu vis sur quelle planète ?

Il est vain de retranscrire la conversation qui

s'ensuit. Ce que Manuel sentait venir est arrivé. Déjà il avait vu, à certains propos, le visage de Jérôme s'empreindre de froideur — la froideur de celui qui s'est fait avoir et qu'on n'y reprendra plus.

On peut tenir pour assuré que cette hostilité, Xeni l'a perçue. Ce n'est pas qu'il n'en ait pas l'habitude. Il a souvent fait ce qu'il fallait pour être détesté, par des gens dont il ne pouvait pas attendre mieux que d'incarner pour eux tout ce qu'ils haïssaient... Un dingue, un facho... Ah, comme ils étaient fiers d'avoir trouvé ça ! Quelle audace, quel coup de force de l'intelligence ! Et quelle originalité... Comme ça, au moins, ils en auraient vu un... Ça leur ferait quelque chose à raconter devant les tables basses de la petite bourgeoisie pensante... Qu'ils aillent se faire foutre.

Mais aujourd'hui l'hostilité l'atteint. Lui, il aimait bien Jérôme.

....

Ce soir-là, en franchissant le pont de la rue Caulaincourt, Manuel se fait le pari qu'elle reviendra, qu'ils se retrouveront. Parce qu'ils sont faits l'un par l'autre, n'existent que l'un par l'autre, dans le choc des âmes, dans le choc des corps.

XXXV

Il faisait plutôt froid, le ciel était gris, la Seine verdâtre; mais c'était tout de même le crépuscule, avait murmuré Gina, tendrement indulgente pour l'univers.

Il s'était fait un silence rare, comme si la ville était fermée. Pendant quelques instants, il n'y eut aucun bruit de voiture. Les frondaisons parurent retrouver la vie.

— Voyons, mais cela me paraît évident, disait-elle. Chacun d'entre nous a un autre côté... Un second versant.

(Il fallait vraiment, pour parler ainsi, être née dans le val d'Aoste.)

— Personne ne pourrait vivre sans cela... Si je devais me résumer à mon boulot à l'agence, ou bien à ce que je lis sur les femmes dans les magazines... À l'image qu'on donne de la vie... Tu peux prendre les gens que tu veux, en apparence les plus conformes aux modèles... Ton opticien...

Ils ont forcément un autre versant... Une réponse... Si l'on n'avait rien pour répondre, on mourrait.

Xeni approuvait, pensif :

— Ouais.

Pouvait-elle savoir que ces « évidences » s'enfonçaient en lui comme autant de couteaux ? « À quoi te prépares-tu ? » Sa question de l'autre jour le poursuivait. Si elle avait su combien il se haïssait de ne pas le savoir. Qui se doutait (hormis Jérôme, peut-être) que Xeni au verbe éloquent et vigoureux, Xeni à la dégaine superbe, se trouve lamentable, ridicule, impardonnablement ridicule, lui qui voudrait être guerrier, prêcheur, ou condamné à mort ! Rien. N'être rien.

N'importe quel homme vaut mieux que lui, n'importe quel homme qui a pris un parti, qui a accompli une fois dans son existence un acte significatif, et s'en est tenu là ; un acte de damnation ou de salut, mais un acte. Un parti dérisoire, mais un parti. L'ingénieur soviétique. Ou le pianiste de bar qui ne sera jamais rien d'autre qu'un pianiste de bar, mais qui sera un bon pianiste de bar. Malars finira bien par l'écrire, son sacré bouquin sur Louis XVIII, depuis le temps qu'il leur pompe l'air avec ça, et ce sera beau, ce sera quelque chose de beau, en soi et pour soi, que ce pauvre foutu livre dont le monde entier se contrefichera, mais qu'un homme aura pris soin d'écrire. Et Jérôme, peut-être, deviendra correcteur, et il tiendra bon sur la langue française, racontez toutes les conneries que vous voudrez, haïssez-vous, massacrez-vous, jetez-vous dans tout et n'importe quoi, mais nom de Dieu, moi vivant, vous n'écrirez pas *générer* à la place d'engendrer, provoquer, produire, entraîner ou causer, parce que si vous lâchez sur ce point, comprenez-le, multitude d'andouilles, infinité d'aveugles, harpaille d'enfants, d'inconscients et de sots, comprenez-le, si vous lâchez sur ce point vous lâchez tout, l'homme, sa dignité, sa grandeur, sa noblesse...

N'importe quoi, mais un parti pris. N'importe quoi, mais un acte.

XXXVI

En dépit de la profonde impression laissée dans la sensibilité de Fabvier par la journée du 31 mars, sa rupture avec la monarchie restaurée met près de cinq ans à s'accomplir. Fabvier est un homme encore jeune, qui aime son métier et n'a aucune envie de quitter l'armée. Surtout, il est assez lucide pour ne pas tourner contre Louis XVIII, comme le font beaucoup de Français, l'amertume que lui causent les malheurs nationaux, et qui sont l'ouvrage exclusif, signé et contresigné, de Napoléon Ier.

Son loyalisme est tel que lorsque l'Empereur, en février 1815, s'enfuit de l'île d'Elbe et débarque à Fréjus, il est de ceux qui veulent organiser la résistance du roi, dans Paris. Pour prendre le pouvoir, seize ans plus tôt, Bonaparte n'a eu qu'à indiquer la porte à quelques inconsistants de service. Osera-t-il le reconquérir en tirant au canon sur un monarque sexagénaire ?

Il se placerait alors dans une position rien moins que glorieuse, embarrassante même, et il ne pourrait pas, comme le 18 brumaire, dissimuler le cafouillage derrière une version héroïque et providentielle des faits. Las : « de tels conseils étaient trop forts pour ceux qui les demandaient », notera un historien. Louis XVIII déserte Paris, laissant à l'Empereur une place vide que celui-ci n'a plus qu'à venir reprendre.

Fabvier, qui fait partie de la Maison militaire, accompagne Louis XVIII sur la route du Nord. Mais à la frontière belge, leurs chemins se séparent ; il gagne Metz, où, sur sa propre initiative, il recrute et instruit un corps franc afin de résister à l'invasion.

Après Waterloo, Fabvier, qui ne s'est pas rallié à l'Empire, réintègre son poste de sous-lieutenant dans les gardes du corps. Cependant le fossé se creuse. Il n'hésite pas à remettre à sa place le duc de Berry, neveu du Roi, qui a traité d'« armée de brigands » celle des vainqueurs d'Austerlitz. Marmont, duc de Raguse, très bien en Cour, le protège, freine ses élans d'insubordination. Au surplus, le fait que Fabvier demeure lié à ce personnage, en qui l'opinion unanime voit le traître de 1814, dit assez sa modération.

Il faut les événements de Lyon, et le procès qui s'ensuit, pour lui faire rejeter toute patience.

En 1817, d'étranges nouvelles arrivent de la capitale des Gaules. Des mouvements insurrectionnels de paysans et d'ouvriers auraient éclaté dans la ville et les villages environnants. Le général Canuel, gouverneur militaire, expédie des rapports alarmants, accompagnés de listes copieuses d'arrestations et d'incarcérations.

Louis XVIII et son conseil n'ont pas une confiance illimitée en ce Canuel, qu'il savent lié au parti ultra. C'est pourquoi Marmont et Fabvier sont priés de se rendre sur place afin de mener une contre-enquête.

Ils découvrent des accusations sans preuves, des témoins disparus ou qui se rétractent. Les principaux meneurs de l'agitation reconnaissent les uns après les autres avoir été payés par la police. Où les rapports officiels décrivaient des émeutes, les témoignages recueillis par Fabvier n'établissent que de vagues bagarres de cabaret. À l'évidence, le gouverneur militaire accroît le danger pour accroître ses mérites. En organisant le désordre, il espère inciter le pouvoir à l'autoritarisme, et, pourquoi pas, à la liquidation de la Charte.

Fabvier rentre à Paris, et cependant que Marmont fait rappeler le général Canuel, il publie une brochure, *Lyon en 1817*, récit de ce qu'il a vu. Moyennant quoi, traîné au tribunal pour

« attaque contre un fonctionnaire en exercice », il est condamné à dédommager l'ex-gouverneur, puis placé en non-activité et réduit à la demi-solde.

Le tribunal qui a prononcé la peine est dirigé par le même M. de Peyronnet qui, trois ans plus tôt, ouvrait aux Anglais, avec mille révérences ravies, sa ville de Bordeaux. Charles X, plus tard, le fera ministre. Quant à l'encombrant général Canuel, dans l'intervalle, il a été nommé inspecteur général de l'infanterie. On achèvera de le consoler, un peu plus tard, avec un titre de baron.

Toute l'ambiguïté du règne — tout ce qui à terme le condamne : son incapacité à briser le mouvement ultra — apparaît dans cette affaire.

Mais pour Fabvier, il n'y a plus d'ambiguïté. Le pouvoir en place a révélé son vrai visage. Ce sont les hommes du 31 mars 1814, les hommes à cocardes blanches, l'insolent marquis de Malars et ses congénères, qui ont gagné. Il n'y aura de ce jour plus un complot, plus une sédition, en France, en Belgique, en Espagne, où ne soit prononcé le nom du colonel Fabvier.

Cet éloignement du demi-solde abreuvé d'injustice et de mépris, contient déjà, en germe — mais qui alors voudrait le croire ? — la révolution de 1830. De toutes les similitudes que présentent cette aventure et celle, un siècle et demi plus tard, à l'autre bout de l'Europe, de l'ingénieur soviétique, c'est celle-là, que seul le temps fait apparaître, qui doit nous conduire à nous interroger : s'ils se détachent de leur monde, s'ils franchissent le seuil et referment derrière eux la porte, c'est que le monde qu'ils quittent est un monde fini.

XXXVII

. . . .

« Fini.

« Fini, je vous dis.

« Ça ne pourra pas durer. Ils en sont à l'incantation et aux patenôtres. Bientôt ils jetteront des poignées de sel... Le bicentenaire de la Révolution, c'était la répétition générale. Il va y avoir le troisième millénaire... Là, ça va donner. On verra ça, les enfants ! On le verra ! Il va falloir y passer. Qui a parlé le premier du troisième millénaire ? L'aube du troisième millénaire ? Qui était-il, ce ludion, ce thermomètre ? La première poule qui chante ? On devrait le juger pour atteinte à la sûreté de l'esprit... Ou le saluer comme un prophète, je ne sais pas trop... Oh là là... Je veux pas voir, je veux pas entendre. J'attendrai pas. Je vous jure, j'attendrai pas. Je vais aller vivre chez les mahométans. Je reviendrai quand ils en seront aussi au troisième millénaire... Le leur... Ça va être horrible. Définitif. Qu'est-ce qu'ils vont inventer ? On ne peut pas savoir. C'est toujours plus simple et bien pire que ce qu'on aurait imaginé... La réalité dépasse l'affliction ! On va voir le tréfonds des âmes ! Ce qu'il y a dans la cervelle d'un pubeur, mélangé avec ce qu'il y a dans la cervelle d'un élu du peuple... Tout ça vomi et rebouffé jusqu'à la saoulerie... L'amok ! La bête va faire sous elle et se rouler dedans. Et après, crever... Ce sera fini. Ils vont racler le fond du pot. Se polluer en groupe ! Grimper dans les arbres. J'entends déjà la grand-messe ! M. Tartempion, président de la mission du Millénaire ! Un grand nombre d'initiatives ! L'initiative ou la maladie moderne. La *création d'événements* ! Y en a pas assez, faut en créer d'autres ! La bougeotte généralisée ! *Agito, ergo sum* ! Le grand défilé du troisième millénaire... Troufignon-la-Coquette fête à sa façon le troisième millénaire... Concours dans toutes les écoles ! “S'il te plaît dessine-moi un troisième millénaire !” Avec l'appui du conseil régional et du Crédit mutuel ! Cent créateurs exposent leur millénaire sur la Grande Arche de la Défense ! Cette année le jury du prix Machin a choisi pour thème le troisième millénaire ! Revivez le millénaire écoulé avec les cassettes TF1 vidéo ! Jean-Pierre Foucault annonce le troisième millénaire depuis Eurodisney ! Ma planète pour mille ans, un CD pour l'écologie ! *Si tous les gars du monde*, interprété par la mère Teresa et la sœur Emmanuelle, en mondovision depuis Bombay ! Ah, on va s'en fourrer jusque là !

« Sans compter que ça va durer deux ans... Ça discute déjà ferme... "Mais si, voyons, je te jure, ça commence en 2000... — Mais non, voyons, le troisième millénaire il commence en 2001... — En 2000 ! Ils l'ont dit à la télé ! Y aura des trucs en 2000... — En 2000 c'est pas ça, c'est la fin du XXe siècle. — Eh ben, c'est bien pareil ! Putain, il est con, lui ! La fin du XXe siècle c'est bien le début du troisième millénaire, non ?... — Attends : le 1er janvier 2000 ça sera le début de rien du tout... De la dernière année... Le début de la fin ! — Alors si je te suis bien, on sera plus dans aucun millénaire cette année-là ? — Si ! Mais le deuxième ! Attends, je prends un crayon... Regarde... Ça c'est un an..." Et ensuite, sondage : qu'est-ce que vous souhaitez pour le troisième millénaire ? Les quinze-vingt-cinq ans. Ce que veulent les jeunes pour le troisième millénaire ! Qu'est-ce qu'ils demandent, les jeunes ? Je vous le donne en mille ! en troisième mille ! La fin du chômage ? Pas mal. Le recul du sida ! Qu'on ne vende plus d'armes ! Et puis, plus de racisme et de xénophobie ! Plus de frontières ! Banco ! Gagné. Voilà ce qu'ils vont vouloir, les mignons. Et plus de guerre, bien entendu. Vachement original ! On s'y attendait pas ! On se demande où est-ce qu'ils vont chercher tout ça... La surprise, ça serait qu'y en ait un qui dise : "Moi, je suis pour la xénophobie et la guerre." "Qu'est-ce que tu souhaites pour le troisième millénaire ? — J'veux que ça saigne !" Alors là, le scoop ! Entendre des choses pareilles ! À l'aube du troisième millénaire ! Justement ! Mais vous en faites pas, personne le dira, ça... Et s'il y en a un qui le dit on coupera au montage... Ah, ça va dégouliner... Ça va poisser... Le cœur et le chœur sur les lèvres ! Saint Jean à Pathos ! Et la leçon d'histoire... Les leçons de l'histoire ! Le devoir de mémoire ! Le seul où il est recommandé de pomper sur son voisin ! Et voici les clones ! Quels ont été pour vous les événements marquants du précédent millénaire ? Euh... attends, ça a commencé quand, au juste ? Bon, la Révolution française ? C'était bien le deuxième millénaire, non ? La découverte de l'Amérique ? Ouah, c'est vieux, tout ça ! On en a déjà parlé ! Les congés payés, alors ? L'invention de l'automobile ! Ça c'est un truc, l'invention de l'automobile ! Et la pénicilline, alors ? Le vaccin de la rage ! Ouais mais bon, attendez, moi je voudrais quand même dire que bon, y a eu des progrès, c'est sûr, l'émancipation des femmes, tout ça, mais enfin y a eu quand même aussi Hitler et la bombe atomique, y a pas eu que du bon... Le colonialisme... Ta gueule, ça c'était le XXe siècle... Et alors, le XXe siècle c'était bien le millénaire, putain il est con... De toute façon c'était avant... Avant c'était pas bien... L'osscurantizme, tout ça... Les cathédrales... Ça tu peux pas dire, c'est le millénaire, hein ? Tiens c'est bon, ça, les cathédrales ! Quelles devront être les cathédrales du prochain millénaire ? M'sieur, m'sieur, le Futuroscope ! La Villette ! La Science ! Ouais, mais y a aussi les manips génétiques ! Faut se méfier des manips génétiques ! C'est quand même Einstein qu'a permis la bombe atomique ! Je crois vraiment que le troisième millénaire il faudrait vraiment qu'on soye sûrs que ça recommencera pas... L'ONU, l'Unesco ! Y faut vraiment que ça soit un nouveau départ... Qu'on remette tout à zéro, à plat et sur la table ! Ça suffit comme ça ! On est plus comme avant ! On est devenus bons ! On est devenus tellement bons ! Moi y en a bon Blanc ! Plus recommencer ! Bon Blanc ne peut mentir ! À part les vieux démons, bien sûr ! Y en a bien toujours, allez ! Bon Blanc chasser les vieux démons. En enfer pour mille ans, les vieux démons ! Bon Blanc y en a mettre enfin de l'ordre sur la planète ! Comme d'habitude ! Mais bien, cette fois ! Dans les droits de l'homme ! De la femme ! De l'enfant ! Du phacochère ! Et de toute autre catégorie qui viendrait à se faire connaître ! Du Tchétchène, du Tchoutche et du Tchachniche ! Qui se métisseront dans le respect de l'identité ! À moins qu'ils ne s'identifient dans le respect du métissage ! On ne sait pas trop ! On verra bien ! Du moment qu'on est bons ! C'est dingue comme on est devenus bons ! On voudrait vraiment que ça aille mieux, quoi ! Merde ! C'est vrai ! Y en a marre ! La pauvreté, tout ça ! L'essclusion ! Les SDF, les Africains, les vieux, les gougnottes, les phoques ! Les eczémateux ! Les malodorants ! Vaincre la malodorance ! Un défi du troisième millénaire ! On n'en parle jamais ! Le drame de la malodorance, le tabou de la malodorance ! Et d'abord ne plus parler de malodorant mais de personne olfactivement rebutée ! POR ! Non mais sans blague ! Il était bien temps qu'on devienne bons, vous croyez pas ? Quand on pense à tout ce qu'y a eu ! Les dragonnades, les nationalizes ! Les intégrizes ! L'Inquisition ! La peine de mort ! Les papes ! Et même pas de couches-culottes ! Les femmes qui se tapaient tout le boulot ! Jésus, qu'est-ce qu'il dirait Jésus ? Sondage. Qu'est-ce qu'il dirait Jésus ? Y serait content Jésus ? Hein ? S'il revenait? Une supposition? Qu'est-ce qu'il dénoncerait Jésus? Dans l'ordre avec plusieurs réponses possibles? Donc le total est supérieur à 100? La pauvreté (81 %); l'exclusion (77 %); la xénophobie "et l'racize" (72 %); les ventes d'armes (61 %); le chômage (58 %); l'inégalité hommes-femmes (42 %); la violence à la télé (36 %); ne savent pas (1 %). Alors, vous voyez bien! Qu'est-ce qu'on vous disait, qu'on est bons? Et le taux de bonté est encore plus élevé chez les jeunes! Toutes les études le prouvent! Une jeunesse formidable! Ils vont nous concocter un troisième millénaire du tonnerre de Dieu, les mecs! Vous allez voir ça! À condition qu'on les laisse faire! Qu'on les intègre! Faut intégrer! On n'intègre pas assez! On ne leur apporte pas de réponses! Pas d'idéal! Et pourtant ils en ont un! d'idéal! On les écoute pas! Tous les sondages le montrent! On se fiche de ce qu'ils pensent! Total y se droguent! La drogue! En voilà un challenge pour le troisième millénaire! Pourquoi on le fait pas? Hein? La courte vue! Toujours la courte vue! C'est comme les femmes! Le troisième millénaire doit être le millénaire des femmes! Des femmes partout! Laissez-les faire! Laissez m'amie faire! Les bonnes violentées seront les bienvenues! Vous allez voir un peu les mousmés comment qu'elles vont nous arranger ! Nous retrousser nos manches et nous vider nos vieilles querelles ! Nous laver le linge sale ! Le challenge sale ! C'est des défis, le IIIe millénaire ! Encore trop de misère, d'inégalités ! de haine ! Des survivances ! Les survivances, tout le problème est là ! D'un passé révolu ! Qu'on voudrait voir révolu ! Qu'on croyait révolu ! Qu'on aimerait croire révolu ! À tout jamais ! Parce que ça survit ! Ça veut pas crever ! On a beau être bons ça veut pas passer ! Faut un vaccin ! Un nouveau Pasteur ! Les moutons demandent un Pasteur ! Ils ont vu le Diable... Il était tout noir... Pais mes agneaux, pais mes brebis... Et repais mes loups gris... Putain, les mecs, je vous jure, j'ai plus envie de voir, j'ai pas envie d'attendre. Je vais rendre mon sablier. »

XXXVIII

Une fois n'est pas coutume : la scène est chez Malars, un soir, devant un vieux cognac. Sa femme étant absente, il a invité le trio à dîner, il a lui-même fait la cuisine.

Manuel, en retrait, contemple le tableau. Ils ont vraiment l'air de quatre vieilles noix. Ils préfigurent les roquentins qu'ils seront tôt ou tard, bedaine et cors aux pieds, radotant un peu. Xeni et Jérôme, cela va encore, l'un fait plutôt sportif, l'autre adolescent très prolongé. Mais déjà Malars se déplume, se confond avec l'ombre de son bureau, le canapé de cuir râpé, les masses de bouquins mal rangés... Et cet immeuble début de siècle, tout un quartier sorti des peintures de Caillebotte... « Un jour nous nous apercevrons que nous n'avons rien fait, sans doute même sommes-nous d'ores et déjà disqualifiés... » Il songe soudain qu'il ne s'est pas occupé de ses vacances. Nom de Dieu, il faut qu'il parvienne à mettre d'aplomb son projet de parcourir la Crète à pied ou à vélo.

— L'un flic, l'autre historien, dit Jérôme ; c'est une histoire qui peut vous intéresser... Une disparition suspecte.

Le mot « flic » a ramené Manuel à la conversation. Comment en sont-ils arrivés là, il n'a pas fait attention ; il n'importe. Jérôme entreprend de raconter son histoire :

— Il y a quelques années, je travaillais souvent pour la CGR, dont nous réalisions le pseudo-journal, invariablement ouvert par *le mot du président*, du style : « Une nouvelle année commence... »

Malars, la pipe bien calée, écoute avec un léger sourire de contentement. La situation est digne des nouvelles du XIXe siècle, qui commencent dans un salon, avec un narrateur « accoudé à la cheminée ». Une conversation ritualisée, se dit-il, où l'on prend soin de développer son propos dans le temps, suivant des règles et des formes précises, de la même façon que l'architecture d'une église organise l'espace, du narthex à l'autel. Malars voit naître un monde où la simple conversation — simple, mais soignée — est un acte de résistance au déversement incessant de messages dévalorisés par leur surabondance même, détruits avant consommation comme les papiers dans les boîtes à lettres, que l'on n'ouvre pas, ne regarde pas... à ce bruitage unanimiste où il ne s'agit guère que de s'accorder en vitesse (ou le feindre) sur un lieu commun, avant de passer à autre chose.

Suite du récit de Jérôme :

« C'est ainsi que je fus, durant un certain temps, un témoin privilégié de ce qui se passait dans les austères bâtiments de la rue Notre-Dame-des-Victoires, et en particulier de l'OPA de 1989, à la suite de laquelle, l'illustre Schinner ayant pris les commandes, toute l'ancienne direction fut liquidée avec une brutalité digne de feu les démocraties populaires.

« Je connaissais notamment, parmi le personnel, un responsable commercial nommé Morelli. Bien qu'assez haut placé dans la hiérarchie pour être aperçu par les dignitaires, Morelli, qui avait alors une cinquantaine d'années, n'occupait pas un poste dit « politique ». On ne songeait pas à se préoccuper de lui. On ne lui demandait, en somme, que de faire implicitement allégeance à la nouvelle direction.

« Or, pour des raisons que j'ignore, mais qui devaient être fortes, Morelli ne le voulut pas. Au contraire, dès qu'il fut question de Schinner, il brûla ses vaisseaux de telle sorte que l'entrée en fonction de ce dernier ne pouvait que signifier son départ. Quand je dis qu'il brûla ses vaisseaux, n'est-ce pas, j'entends qu'il fit tous ses efforts pour que nul ne pût ignorer son opposition radicale à ce qui se préparait.

« Schinner arriva, Morelli s'en alla : mon histoire est finie, du moins aux yeux du monde. Mais il en existe un chapitre suivant, ou un épilogue, connu de moi seul.

« J'avais eu de la sympathie pour Morelli. Sec et mince, les cheveux gris, la moustache taillée net, style militaire, Morelli était un bourru, exigeant, mais qu'on sentait "franc du collier". C'était un homme d'une autre époque. Il avait commencé très bas, il était "sorti du rang", comme on disait, une expression qui n'a plus grand sens de nos jours... Il manifestait dans le travail un côté vieux briscard qui en a vu d'autres, qui ne s'affole pas; un style que l'on rencontre de moins en moins souvent. Je ne sais pas si vous l'avez remarqué, mais le scepticisme se fait rare dans notre monde...

(Ce mot a le don de plaire à Xeni. Il approuve de la tête, l'air réjoui.)

« Sa principale collaboratrice, qui n'avait guère plus de vingt-cinq ans, s'appelait Véronique. On sentait entre eux de l'amitié, peut-être même de l'affection, sans rien d'ambigu cependant : les rapports plutôt, d'un père avec sa fille. Il la faisait rire, ou bien, s'il se plaignait de quelque chose, elle le traitait de vieux bougon...

« La revoyant six mois environ après le départ de Morelli, il me vint donc à l'idée, tout naturellement, de lui demander si elle avait des nouvelles de son ancien chef.

« Sa réaction fut d'étonnement... Non, ce n'est pas ainsi qu'il faut le dire. Elle me répondit que non, "on" n'avait pas de nouvelles de lui. Et tandis qu'elle me faisait cette réponse, son regard posé sur moi était pour ainsi dire indépendant de ce qu'elle disait. C'est surprenant, parfois, ce que l'on peut lire dans un regard, en une ou deux secondes... Tout se passait comme si ma question avait été profondément incongrue.

« Je dois tempérer ce que je viens de dire. Peut-être Véronique s'étonnait-elle tout simplement parce que je ne connaissais en somme pas beaucoup Morelli, et que partant, les motifs de ma curiosité n'étaient pas évidents... Mais ce regard, pourtant, semblait traduire autre chose, il était intrigué et furtif comme celui de quelqu'un qui se dit : "Tiens, tiens..." Et je me suis proposé d'autres hypothèses, par exemple celle-ci : cette absence ou prétendue absence de nouvelles de Morelli était précisément un point sensible, soit qu'il n'en eût point donné, soit que personne n'eût cherché à en avoir; soit encore qu'en répondant “on n’a pas de nouvelles”, elle eût déjà menti. Et moi qui ne faisais pas partie de la CGR, moi qui connaissais un peu — mais peu — Morelli, j’arrivais comme un innocent, et je mettais le doigt là-dessus... Oui, à la réflexion, cette hypothèse était intéressante. Il y a bien toujours un pendu quelque part, n’est-ce pas, et il ne faut pas parler de corde.

« Autre aspect de la situation : Véronique, dans l’intervalle, avait pris du galon. J’avais noté le changement vestimentaire : tailleur, châle, talons hauts, bon coiffeur... une élégance très parisienne, succédant à une simplicité bon enfant de jeune femme encore incertaine de son intégration... On pouvait se demander si Véronique n’avait pas été placée devant un choix, et n’était pas, en un mot, passée avec armes et bagages aux côtés des vainqueurs du jour... Peut-être avais-je eu la balourdise de souligner cette coïncidence désagréable, l’opposition et le départ de l’un, le ralliement et la promotion de l’autre. Peut-être Morelli était-il un remords.

« Mais lui ? Qu’avait-il voulu signifier par cette hostilité déclarée et militante, cette révolte, en toute connaissance de cause — et ceci à un âge où, chacun le sait, un out-placement réussi est particulièrement difficile ? »

Malars :

— Un quoi ! ?...

— Un *out-placement*. J'étais sûr que l'un d'entre vous relèverait ce mot. Il s'agit de se débarrasser de quelqu'un d'une manière ou d'une autre, retraite anticipée, mesure sociale quelconque, recasage...

— Mon Dieu. Et il y a vraiment des gens qui emploient sérieusement ce genre de vocabulaire ?

— Bien sûr.

Il découvre des horizons, l'intello de Paris IV. Jérôme reprend :

— Ce qui est sûr, c'est que Morelli avait été profondément heurté par l'OPA, c'était une question de principe. Il considérait ces affaires-là comme de la prédation, une pure violence. Il devinait, il annonçait à qui voulait l'entendre ce que les nouveaux venus allaient faire, et qu'ils firent : dégraisser les effectifs, privilégier la rentabilité à court terme, découper l'entreprise en morceaux pour les revendre avec bénéfices trois ou quatre ans plus tard... Certains affirmaient qu'il avait eu à connaître Schinner, quelques années plus tôt, je ne sais trop comment... On disait qu'il y avait un cadavre entre eux... Mais ce n'était qu'une des versions de l'affaire. On parlait aussi à son sujet d'un passé syndical significatif...

« Tout cela explique-t-il qu'il ait pris le parti de cette rébellion à peu près suicidaire, alors que l'enjeu n'était autre que son gagne-pain ? Je n'en sais rien, mais cette lacune même autorise une dernière hypothèse, dont j'avouerais sans fausse modestie que je la trouve passionnante.

« Il se considéra de toute façon comme *fini*. Comme le représentant de manières d'être, d'idées, de mœurs qui allaient disparaître. Et peut-être rêva-t-il de laisser aux plus jeunes non pas un exemple, non pas un message, mais une inquiétude légère, un souvenir vague, l'impression marquante d'une résistance, d'une énigme ; l'idée furtive qu'il avait existé un autre temps, d'autres manières de voir et de penser, qu'ils n'avaient guère connus, mais sur lesquels un certain nombre d'entre eux s'interrogeraient.

« Alors, son souvenir persisterait au long des jours, autour des écrans d'ordinateur, entre deux coups de téléphone, ou parmi le bruit des autos, les couleurs des affiches, les mots des radios, et aux nouveaux venus, tôt ou tard, donnerait à songer, le soir, dans les encombrements ou dans le RER. Songer n'est pas réfléchir. Songer est réfléchir sans but, écouter un appel dont on ne sait ni d'où il vient, ni ce qu'il veut dire... mais qui veut être entendu, et qui insiste.

« Dans cette grande ville où tout le monde semble se ruer au présent, où l'on dirait que personne ne pense jamais à rien, de tels faits perdurent peut-être, en secret, dans les cœurs et dans les esprits. Qui de nous peut savoir quelle visibilité il conservera dans l'avenir, quelle trace il aura laissée, et dans quelle mémoire ? Peut-être Morelli l'oublié aurait-il tout de même transmis quelque chose, l'âme des révoltes futures... Moi-même, à l'époque, je n'y songeais guère, je n'ai pas su parler à cet homme qui me marquait pourtant de la sympathie, qui n'attendait peut-être qu'une occasion favorable de me dire quelque chose, un signe comme quoi je pouvais comprendre... Je regrette cette rencontre manquée. Pourtant, cinq ou six ans après, si Morelli a bien eu un tel but, ce but est atteint — puisque je vous raconte son histoire.

« Nous n'en étions assurément pas là. J'étais dans le bureau de Véronique, à cet instant où son regard — très vite contrôlé, détourné, *repris* — me fit comprendre que ma question était bizarre. Il me semble, en y repensant, que ce à quoi j'avais le plus sûrement touché, c'était aux usages... Tout simplement aux usages. On n'épilogue pas, vous comprenez ? On n'épilogue pas. Celui qui épilogue passe pour un casse-pieds. En prenant le temps de demander des nouvelles de Morelli, en retardant pour cela d'une minute ou deux mon départ du bureau de Véronique, j'avais fait acte de lourdeur, j'avais été un élément de frottement ou d'accroc dans la parfaite fluidité du glissement collectif sur le temps. Ne chargeons pas trop la barque légère. Ils veulent filer en oubliant tout vers l'anéantissement. »

XXXIX

Il nous reste à évoquer encore un événement qui se produisit dans le quartier Saint-Lazare, quelques années avant les faits qui viennent d'être contés. Mais cet événement-là, auquel assistèrent plusieurs milliers de personnes, ne fut pas identifié comme tel.

La notion d'événement. Il y aurait beaucoup à dire sur la notion d'événement. Peut-être faudrait-il écrire (pour parler comme Jean de Malars) une histoire de la notion d'événement... Enfin.

C'était, sur les boulevards, près des grands magasins, une de ces sombres fins d'après-midi de Paris avant Noël, encombrées, battues de rafales, salies de neige brune, où chacun, et ça fait du monde, se hâte d'aller quérir le parfum ou le pull, la panoplie qui manquent encore ; où, sur les larges trottoirs bondés, les hottes de Pères Noël labellisés ANPE alternent avec les braseros des marchands de marrons et les marmites de l'Armée du Salut, devant les passerelles de bois où l'on fait monter les enfants afin qu'ils admirent, dans les vitrines, de beaux mondes inventés avec des couleurs vives, des lumières, des personnages qu'ils aiment, car il faut bien leur rendre *gérable* cette SP : avoir à vivre.

C'était, comme dit le poète, « l'heure où l'amour frissonne dans l'apéro et l'entresol ».

Or, à l'intérieur du grand magasin surpeuplé, peut-être faudrait-il dire du mégastore, une voix qui venait d'en haut retentit soudain, dans les dizaines de haut-parleurs disséminés à tous les étages et dans tous les rayons; et cette voix se mit à parler de Mozart. On était en effet en 1991, le compositeur était mort depuis deux cents ans, et ce pouvait être une excellente idée que d'offrir, pour Noël, une anthologie des pages célèbres, ou même l'intégrale des opéras ou des symphonies en coffret, etc.; enfin la voix se tut, et l'on entendit s'élever à sa place les célèbres mesures du kyrie, dans le *Requiem* de Mozart.

Et ce fut une chose affolante, vertigineuse, que le tonnerre de cette supplication surhumaine, éclatant parmi le poudroiement de la lumière électrique sur les rayons de toutes les couleurs, les mannequins chauves et sans visage, les filles pulpeuses des affiches, l'agitation qui n'avait pas cessé, les propos saisis au passage, le mouvement implacable et lent des escalators, les caisses enregistreuses où s'acharnaient les doigts des employées. Le kyrie s'abattait là-dessus comme l'annonce, le générique, la profération énorme d'une apocalypse imminente, que personne pourtant n'entendait. On pouvait imaginer que d'un instant à l'autre, il allait se passer quelque chose, par exemple l'explosion d'une bombe mahométane qui aurait fait quinze morts et dérangé le Premier ministre et le maire de Paris (GSP). Et en effet, il se passa quelque chose ; au bout de vingt secondes environ, les mesures du *Requiem* s'interrompirent dans un craquement, et l'on entendit une autre voix parler des promotions au rayon lingerie du premier étage, des prix sur toutes les grandes marques de parfums au rez-de-chaussée, côté boulevard Haussmann. Puis de nouveau, pendant quelques instants, retentirent les chœurs assourdissants du kyrie, l'avertissement, la supplication des cohortes peinant aux flancs du Purgatoire, tout le ciel comme un grand rideau déchiré sur le Jour ultime ; puis un nouveau craquement, et une fois encore la promotion sur la lingerie... Ainsi, durant de longues minutes, dans le brouhaha étouffant du grand magasin ; après quoi la voix d'en haut se fit entendre, et rappela qu'on pouvait offrir du Mozart.

Ce fut là ce qui se passa. Rien de plus. Et cet événement annonçait sans doute quelque chose, mais personne n'y prit garde, et personne n'aurait pu dire quoi.

XL

On ne parvint jamais à savoir pourquoi le papa de Gina avait eu un besoin urgent de vendre la maison d'Aoste. Déposée sur un compte dans une banque d'affaires de Chambéry, la somme qu'il en avait obtenue s'en était allée en virements successifs au profit d'une société néerlandaise, Horintex Int., qui elle-même avait fait faillite quelque temps plus tard. Il fut considéré comme probable que le monsieur avait mis beaucoup d'espérances dans une affaire d'importation, des composants d'horloges électroniques, et non seulement des espérances, mais de l'argent, qu'il n'avait pas, escomptant des bénéfices qui n'étaient jamais venus. Les quatre femmes (Gina, sa mère, ses sœurs) avaient renoncé à en savoir davantage.

Depuis qu'il s'était installé à Lyon, on savait qu'il faisait des affaires, mais personne n'aurait pu dire lesquelles. De toute façon elles n'étaient sans doute pas le but de sa vie. Il faisait des affaires, semble-t-il, des affaires foireuses, parce qu'il faut bien faire quelque chose. Quelque chose de foireux.

Il vivait dans un trois pièces sans grâce et sans gloire, sans goût. C'est l'impression qu'avait eue la mère de Gina, qui avait été obligée de s'y rendre après sa mort dans un hôpital. Quelques meubles rassemblés au hasard, des vieux journaux d'immobilier, un frigo, enfin rien. Maigres vestiges, maigres indices. Un trois pièces pour lui tout seul : ça ne pouvait bien sûr que tourner à la tanière.

C'est peut-être pour ça que Gina, une fois rangée dans un tiroir, chez elle, l'unique photo qu'elle possédait de lui, le tirage noir et blanc de 1960 et quelques, réalisé chez Photolux, 31, place Masséna, 06 Nice, n'avait pas reconstruit son père, qu'elle s'était passée de s'en faire jamais une idée très nette. De sa rupture, de sa fuite, elle sentait qu'il n'y avait rien à dire, rien à conclure, rien d'autre qu'une évanescence. À supposer même que les affaires auxquelles il se consacrait n'aient pas été très régulières, cela n'aurait été qu'un dérapage, un laisser-aller, et non pas une décision : une décision comme en prend Chan

Shee Fu, par exemple, lorsque à l'issue de sept années de prison il s'enfonce à nouveau en pays shan, et entreprend cette fois d'en devenir le maître.

SECONDE PARTIE

Ce que fabriquent la mémoire et le temps

Quelques hommes, au premier siècle de notre ère, furent placés dans le cas d'avoir à mettre par écrit le plus inacceptable récit de l'histoire.

Un homme aurait été vu vivant quelque temps après sa mort. Sa tombe, le surlendemain de son décès, aurait été trouvée ouverte, et sa place vide.

Ils relatèrent intrépidement, sans précautions, ces faits d'ailleurs confus. Plusieurs femmes et un homme (deux, suivant un des récits) témoignent du tombeau vide. De la réapparition, diverses autres personnes, en particulier de proches amis du défunt. Il est également question des affirmations d'un ange; ou de deux anges. Ce sont les soldats préposés à la garde du sépulcre qui ont parlé d'anges. S'imaginaient-ils qu'on allait les croire ?

Il est utile d'ajouter que des quatre narrateurs, un seul (ou peut-être deux) se trouvait sur place quand l'événement eut lieu. Les divergences de leurs récits peuvent s'expliquer par le fait qu'ils n'ont pas eu le loisir de vérifier leurs sources ou de confronter leurs souvenirs; mais peut-être ne l'ont-ils pas jugé utile.

Un seul affirme avoir vu de ses yeux le mort vivant. Il précise même qu'il ne l'a pas immédiatement reconnu. C'est le cas de plusieurs des témoins. Deux d'entre eux, qui avaient pourtant été ses familiers, ont parlé avec lui pendant deux ou trois heures avant de s'apercevoir que c'était lui.

On n'en finirait pas de relever les bizarreries, les imprécisions, les incohérences. Ils le rencontrent tantôt au sommet d'une montagne, tantôt au bord d'un lac. Un peu plus tard, il passe à travers les portes. Quant aux récits des femmes à propos du tombeau vide, ils n'ont rencontré d'abord qu'incrédulité. Du reste, elles aussi étaient, si l'on ose dire, tantôt deux, tantôt une. Tantôt elles ont vu rouler la pierre, tantôt c'était déjà fait. Elles venaient porter des aromates pour le corps, sans s'être demandé comment elles ouvriraient le caveau environné de sentinelles.

C'est en ce sens qu'on peut parler d'un récit sans précautions. C'est une histoire faite pour recevoir des pierres, autant peut-être en raison de cette incroyable nonchalance, que des faits qu'elle propose à la crédulité ou à la foi. Nos mémorialistes semblent répercuter sans états d'âme les dires de témoins qui ont eux-mêmes tous les soucis, sauf celui de convaincre. L'idée d'argumenter ne les effleure pas, ni d'accorder leurs violons, tant est forte leur certitude. Il est vrai qu'au moment où les textes sont écrits, les premiers apôtres l'ont déjà fait partager, sans plus s'encombrer d'arguties, à des milliers de gens de toutes conditions, dans différents pays où ils n'étaient encore jamais allés, dont ils ne connaissaient ni les mœurs, ni les croyances, ni la langue, et vers lesquels les jetaient la persécution et l'enthousiasme. Et beaucoup de ces nouveaux convaincus devaient endurer à leur tour les pires supplices, plutôt que de revenir sur ce qu'ils avaient admis.

(C'est également à cause d'un récit, *Lyon en 1817*, que le colonel Fabvier entre en dissidence; du moins ce qu'il a vu, si ce n'est pas du goût de tout le monde, est-il croyable.)

Ils étaient pourtant des hommes ordinaires. Lorsque leur prophète a été arrêté, condamné, mis à mort, la peur les a saisis. Se croyant traqués, redoutant de subir le même sort, ils se sont terrés pendant des jours dans les chambres hautes de maisons amies. Et puis soudain ils sont ressortis de là, et se sont répandus par les rues afin de propager la nouvelle. Et dès lors ils ont tout affronté, les moqueries, les insultes, les crachats, les coups, les supplices. Ils se sont mis à parler des langues étrangères. Ces hommes de chair sont devenus des hommes de feu. Le monde entier ne pouvait plus les contenir. Que s'était-il passé pour les transformer de la sorte ? Qu'avaient-ils vu ?

Nous ne sommes pas obligés d'ajouter foi à leur histoire. Ce que nous devons bien admettre est qu'il s'est passé quelque chose.

Depuis lors, ce récit fut mille fois défait, refait, tourné dans tous les sens. Tout fut tenté pour le réduire. Car on ne se contenta pas de hausser les épaules : on voulut démontrer. On prétendit en donner d'autres versions, qui rétablissaient tout. Faut-il passer en revue les hypothèses accumulées par de savants esprits ? On invoqua le coup monté, l'hallucination, les extraterrestres. On ne fit que substituer au mystère d'autres mystères tout aussi insolubles. L'incrédulité s'arma d'expertises, qui l'anéantirent. On dénonça les erreurs des textes, on s'appuya sur le détail des textes. On ne parvint à rien. L'absence du souci de prouver, redisons-le, est la principale force de ces récits. On est tenté de recourir à cet argument absurde et imparable : les narrateurs n'auraient pas inventé cela si ce n'était pas en quelque façon vrai. Leurs approximations même prouvent leur bonne foi, comme la prouve aussi leur exactitude documentaire, notion inconcevable aux faussaires de ce temps. Aucun merveilleux dans ces textes, aucune fioriture, mais la saveur incomparable de ce qui fut, de ce qui a bien l'air d'avoir été, et cependant ne peut pas avoir été... La plus rigoureuse logique nous amène devant ce tombeau vide, devant la certitude que quelque chose d'absolument étrange se produisit à Jérusalem aux alentours de la Pâque, en la sept cent quatre-vingt-troisième année de Rome ; mais nous ne saurons jamais quoi.

*

Comment Xeni disparut de la circulation, comment on peut tenir pour assuré qu'on ne le verra plus s'éloigner dans la rue de l'Arcade, comment et pourquoi il faudra désormais tenter de comprendre le monde sans savoir ce qu'il en penserait, ce n'est plus l'objet que ce récit se propose, mais bien son absence, et les souvenirs qu'il laissa, dans certaines chambres hautes de la mémoire, à quelques-uns de ceux qui l'avaient connu, souvenirs qui ont une singulière force et un éclat non pareil, à mi-distance de la fascination et de l'épouvantement. « Je ne suis pas venu apporter la paix, mais le glaive. » Voilà... Pourquoi n'avoueraient-ils pas (et ils ne se l'avouent guère) le sentiment absurde mais tenace, dérisoire et puissant — et illusoire, sans doute illusoire — que celui-là venait d'autre part, de l'avenir peut-être, et qu'il n'était pas là pour rien ?

De toute façon, tout s'est accompli ; le temps s'est refermé. Ainsi que le pressent Gina en regardant les peintures, le temps ne fait jamais que refermer des portes. Nous pouvons le reparcourir autant que nous le voulons, comme on compulse de vieux livres, cherchant ceci, se reportant à cela, s'arrêtant au hasard à une tout autre page qui est peut-être la bonne, placés comme les personnages d'Hubert Robert entre les vestiges du passé et l'imminence d'une découverte... Et même, nous n'avons guère autre chose à faire, comme tant de théologiens, d'historiens, d'érudits, qui à travers des monceaux de récits et de commentaires accumulés tentèrent de comprendre quelque chose à l'histoire du Nazaréen, qui est incompréhensible, et que personne ne comprendra jamais ; à l'instar de Jean de Malars et de ses confrères, brassant la méthodologie et l'archivistique, se décernant ou se refusant des brevets de scientificité, comme si l'entassement des récits, des raisonnements, des déductions, des conclusions provisoires pouvait un jour nous révéler l'envers du monde, briser le septième sceau.

Il ne subsiste dans le livre que quelques traces de ce qui fut ; le personnage s'en est allé. Le Xeni qui est dans ces pages n'est formé au mieux que des vestiges du vrai, qui n'y est plus, qui n'y est pas.

Qui n'y a jamais été.

*

Chan Shee Fu se perd dans les labyrinthiques montagnes de l'Est birman, puis reparaît, cynique, ricanant, pour démasquer ce que nous sommes. Le colonel Fabvier, devenu clandestin, resurgit comme un diable sur la Bidassoa, et sur l'Acropole comme un archange. Le départ de l'ingénieur atomiste soviétique est en réalité un retour, sa rupture une réconciliation. On a envisagé que Morelli, le cadre de la CGR, soit le passeur d'idées qui renaîtront, transmises comme malgré eux à ceux qui sur le moment ne les comprirent pas. La vie passe sous nos yeux et nous ne la voyons pas s'en aller. « Au milieu de vous se tient celui que vous ne connaissez pas. » Les hommes cherchent leur âme à travers l'ombre ; ils ne savent ni qui ils sont, ni vers quoi ils vont. Et quand ils l'ont trouvé, ils ne sont plus là pour le dire. Le sujet ne serait-il pas, davantage que ce qui s'est passé, ce que cela nous annonce ?

Les réflexions de Jean de Malars sur la notion de lacune, sur son irruption progressive dans la conscience et les récits, n'ont pour objet que la restitution du passé. Or il arrive — il arrive même souvent, on peut penser que c'est là le souci de tout le monde — que ce domaine inaccessible, qui occasionne et justifie le récit, ne soit pas le passé, mais l'avenir. Des hommes s'éloignent, rompent les amarres, sortent du cercle de ce qui est admis. L'histoire tend à prouver qu'ils sont *toujours* l'avenir. Reste à savoir lequel.

L'Apocalypse est un des rares livres, le seul peut-être, où l'auteur n'hésite pas à achever au passé un paragraphe commencé au futur : « Satan sera relâché de sa prison et il s'en ira séduire les nations qui sont aux quatre coins de la terre, Gog et Magog. Il les rassemblera pour le combat [...]. Mais un feu descendit du ciel et les dévora. » Une autre page nous entretient d'un livre mystérieux : « Je me désolais de ce que nul ne fût trouvé digne d'ouvrir le livre ni d'y jeter les yeux... » Mais enfin cela arrive : « Des livres furent ouverts, et un autre livre fut ouvert, celui de la vie. » Dans l'éternelle confrontation du récit et du temps, l'Apocalypse donne la victoire au récit.

Ce livre enfin ouvert, dont elle se veut le reflet ou la préface, il est probable que toute main qui trace des mots sur une page rêve elle aussi d'en anticiper quelques lignes. Mais le temps se creuse, s'étend. À quelle vitesse le temps passe-t-il ? Sans doute ne connaît-il pas ces deux catégories grossières de la pensée, vitesse, lenteur, et la majestueuse, imperceptible avancée de l'érosion, de la fatigue, de l'oubli, recèle-t-elle de vertigineuses et secrètes ruées.

*

Des différents récits que l'on peut élaborer au sujet de Xeni, il en est un qui pose en préalable que son procès du monde tel qu'il est n'a pas d'autre signification ou valeur que celle d'un prétexte. Selon ce point de vue, Xeni, à travers les idées et les jugements qu'il exprime, parle en réalité d'autre chose, qui ne concerne que lui. Le voilà renvoyé à lui-même, et le monde innocenté.

Ce récit n'est pas irrecevable. De la même façon qu'on peut choisir un certain nombre de faits du règne de Louis XVIII, les mettre dans certains rapports, et en tirer deux portraits opposés, on peut relever dans ce que l'on sait de Xeni des éléments attestant un problème « exclusivement psychologique », en admettant comme prouvé qu'il existe des problèmes « exclusivement psychologiques ».

Par exemple ce souvenir de jeunesse, que Manuel a conservé. Ils doivent avoir vingt ans, ils sont dans un jardin public, il fait soleil. Ils sont plusieurs, quatre ou cinq, Manuel ne saurait plus dire qui étaient les autres, ni sur quoi tournait la conversation. À un moment donné, se trouvant à un mètre ou deux de Xeni, il l'a entendu qui chantonnait une chanson d'Amérique latine :

Pobrecito soy
Yo nunca lo digo
Tal vez que por eso
Pobrecito soy

Ce que l'on peut traduire de la sorte : « Pauvret je suis/Jamais ne le dis/Pour cela peut-être/Pauvret je suis. » *Pobrecito* est mal rendu par « pauvret ». Le mot évoque plutôt l'expression « pauvre de moi », il veut dire « je suis à plaindre », je suis misérable. On trouve dans cette simple strophe le refus de l'aveu qui caractérisera toujours Xeni : *Yo nunca lo digo...* Ce pronom personnel, *yo*, que l'espagnol ne rend nullement obligatoire, n'est peut-être ici que pour ajouter au vers la syllabe sans laquelle il serait boiteux; à moins qu'il ne veuille bel et bien signifier : « Moi, je ne le dis jamais... » Moi, à la différence de tant d'autres. En même temps, il le dit : puisqu'il le chante.

Et il le chantait à part, ce jour-là, dans ce jardin ensoleillé, triste à crever comme tous les jardins ensoleillés de toutes les villes — il le chantait à part, rien que pour lui, mais Manuel s'est souvent demandé si ce n'était pas tout de même dans le dessein d'être entendu.

On peut donc s'appuyer sur cette espèce d'aveu discret, ou plutôt choisir de considérer cela comme un aveu, et il ne reste plus alors qu'à chercher le pourquoi de cette plainte. On peut se demander si l'éloignement de Xeni l'amène à autre chose qu'à un miroir, dans lequel lui seul sait (ou ignore) qui il voit.

Malars détient un autre souvenir : la clef de voiture. (Rappelons qu'en tout domaine, la bonne information peut être d'apparence tout à fait anodine.) L'épisode de la clef de voiture prend place, lui aussi, quelque vingt années avant les faits racontés dans ces pages. Xeni et Jean se disent au revoir dans une rue ; Jean se trouve près de sa voiture, où il se dispose à monter, il a déjà tiré de sa poche la clef de contact, qu'il garde au creux de la main droite. Au moment de se serrer la main, il tend négligemment deux doigts, et Xeni repousse, d'un geste sec, cette main refermée sur une clef, cette main qui ne se donne pas. Cet infime incident (Jean a aussitôt transféré sa clef dans la main gauche, et ils se sont serré la main comme il faut) lui est toujours présent à l'esprit. Il traduisait la détestation de Xeni pour tout ce qui était machinal et inattentif; mais peut-être aussi une exigence de Xeni, une attente, que Jean redoute de n'avoir jamais satisfaites.

C'était au temps où ils s'étaient connus, tous les trois, chez les communistes. L'époque où Jean de Malars préférait s'appeler Jean Malars... Et dans cette aventure, qui ne les avait pas longtemps retenus, ni les uns ni les autres, se trouvait bien, même maladroite, incertaine d'elle-même, la volonté de refaçonner l'homme, de se reconstruire soi-même, de ne plus être le simple produit de la société telle qu'elle était, telle qu'elle est encore, telle qu'à chaque minute elle construit les hommes et les veut. Peu importaient les circonstances, les causes, les illusions, les malentendus : il se trouvait simplement que cette hypothèse-là, ce recrutement-là s'étaient offerts à eux. Ils avaient tenté d'adopter une version de l'homme conçue, des décennies plus tôt, par celui qu'on voyait encore, là-bas, en sa crypte de la place Rouge, blême et poussiéreux dans la lumière glauque, entre les parois inclinées du cercueil de verre qui le multipliaient horriblement par trois... Xeni, plus tard, ne se rassasiait pas de sarcasmes... Avoir été, ne fût-ce que d'occasion, et pour peu de temps, la conception, la géniture de ce Dr Frankenstein, de cet expérimentateur, de ce marionnettiste ; avoir été le songe de ce cadavre !...

Plus tard, Nantes l'avait vu se préoccuper de pédagogie et d'économie, avant que n'intervînt le départ pour Islamabad, puis l'Indonésie. Et c'étaient peut-être encore là des rôles, des vêtements essayés. Si tel était le cas, force était de constater qu'il n'en était pas resté grand-chose. Jean, qui, par tempérament autant que par culture, avait du passé une conception accumulative, rentière, s'était souvent étonné du peu de cas que Xeni semblait faire de ses expériences successives, comme s'il avait tout brûlé à mesure — ou préférait n'en rien dire. Sa détestation des photos, des caméscopes ! Seules surnageaient quelques ombres féminines, les chansons d'Eddy Mitchell, des moments d'amitié.

Seulement, il faut bien croire que l'homme a besoin d'être construit par quelque chose, par quelqu'un, et l'on peut avancer aussi cette hypothèse : Xeni, à un moment donné, se trouve amené par la vie en un certain point de la société, dont il lui serait loisible de ne plus partir, que tout, au contraire, lui conseille d'occuper ; mais cela suppose de se dire : « Voilà, tu es celui-là et pas un autre, tous les choix que fait le hasard dans l'antichambre de nos existences, ceux que nous faisons, te menaient là, c'est la résultante, la résolution, le total de tout. » Voici le Paris des années quatre-vingt, et l'idée d'être construit par ce monde-là lui est insupportable.

Le temps semblait alors devenu dépositaire de la fatalité, de l'irréparable. Chacune de ses sentences s'alourdissait d'un « jamais plus ».

*

À cet égard, il y a sans doute quelque chose à dire sur les noms. Xeni : ce surnom lui venait de fort loin, du lycée, semblait-il, et de ce qu'il y avait de russe dans son ascendance, ressorti en quelque occasion anecdotique et oubliée — mais il le suivait partout, et l'intéressé l'assumait, ne signait pas autrement ses lettres, l'indiquait aux enfants.

Arouet change de nom, Oulianov change de nom. Chang Shee Fu se rebaptise Khun Sa. Le nouveau chrétien, le nouveau musulman, la religieuse changent de nom : ils acceptent une autre paternité. Fabvier (encore que ce soit pour des raisons plus prosaïques) s'appelle tour à tour Ranieri et Borel. Jésus dit à Simon : tu es Pierre. Celui qui veut reconstruire le monde commence par rebaptiser les autres. L'homme qui se rebaptise lui-même a beaucoup d'ambition, en particulier celle de devenir son propre père, son propre fils. Père et fils de lui-même et de nul autre, on pourrait dire de rien d'autre, car on n'est pas seulement le fils d'un homme, mais d'une théorie d'ancêtres, d'un passé, de tout un monde. Celui qui abandonne son nom retrouve la multiplicité des possibles.

Jean de Malars ne s'était pas obstiné longtemps, il avait repris sa particule, il demeurait environné du peuple invisible des Malars et de leurs semblables, d'un groupe que définissaient sa connaissance particulière, sa mémoire de certaines choses (le château avec les souvenirs de la monarchie, l'histoire du royalisme de 1830 à nos jours), et aussi ses ignorances, ses méconnaissances, ses préjugés, sa longue incapacité à changer de place sur l'échiquier social. Jean avait accepté de rester le produit de tout cela.

Nous rendre prisonniers d'un certain « moi » est le mauvais tour que nous joue la vie. Et nous sommes, et nous ne sommes pas, celui-là à qui tout arrive.

*

— Le nazisme...

La phrase demeura en suspens. Xeni regardait

vers le haut, plissant les yeux. Enfin il trouva ce qu'il voulait dire, la fin de la phrase :

— ... est une hypothèse.

Des années plus tard, la phrase tinterait encore dans la mémoire de Jean comme un sésame — mais un sésame qui n'ouvrirait pas : qui fermerait. Des années plus tard, elle lui ferait encore battre le cœur. Mais dans l'instant, il avait su que ces mots désormais le tourmenteraient, aussi longtemps qu'il n'aurait pas constitué, mis au point, accompli le récit permettant d'en rendre compte, et le 31 mars 1814, à côté de ça, c'était vraiment gentil tout plein.

Il était inutile d'y aller par quatre chemins, de faire donner les violons, la main sur le cœur, les alexandrins, les précautions, qu'en diront les uns et les autres, qu'est-ce qu'on y peut s'il y a des moments qui vous flanquent un coup de couteau dans le ventre, c'était ainsi, c'était une des dernières paroles que Jean l'avait entendu prononcer. Un homme vous dit cela, et peu après il s'expédie de l'autre côté. Voilà.

Bon. « Le nazisme... est une hypothèse. » La voix était retombée, paisible, comme après une proposition qu'on a hésité à avancer, à formuler ainsi, mais qui, au bout du compte (le compte ayant eu lieu dans le moment de silence, de suspens), s'avère raisonnable : c'était bien cela qu'on voulait dire.

Un matin, en se réveillant, un an plus tard, peut-être, ou davantage, dans cet état intermédiaire où l'on perçoit les choses, le temps, les idées, avec une acuité, une sensibilité dont on ne dispose pas à chaque instant, il sembla à Jean qu'il parvenait à se représenter ce propos.

Sa rêverie semi-dirigée lui proposa le tableau de l'humanité reconstruite en deux groupes. D'un côté, des soldats, forts, disciplinés, bien nourris, tous semblables, avec de bonnes chaussures de cuir, des uniformes noirs aux insignes menaçants. De l'autre, un immense troupeau mêlé, un bétail qu'il n'y avait qu'à tuer ou corvéer *ad libitum*, une foule confuse et planétaire de manœuvres, de mendigots, de vieillards baveux, de quarts-de-nègres, de rabbins pouilleux, d'artistes dégénérés, de putes, de crétins slaves, de poitrinaires, d'apôtres bêlants, de prolétaires malingres, de professeurs bien élevés, de musiciens homosexuels, de malades mentaux inoffensifs, de sœurs charitables, enfin l'humanité civilisée, compliquée, mélangée, subtile et faible. Donc, de la merde. Voilà : telle était, en somme, l'espèce humaine considérée, remodelée par le nazisme. Et il comprit alors à quel degré de nihilisme, c'est-à-dire de perte absolue de confiance ou d'espoir dans quoi que ce fût, il fallait en être arrivé pour ne plus voir, dans l'être humain, que ces deux possibilités, avers et revers d'une même indistinction, d'un même mépris absolu.

« C'est sûrement, pensa-t-il, le plus considérable *progrès* enregistré en ce siècle dans la conscience de l'homme, dans la philosophie de l'homme. » Le mot « progrès » suppose explication. Jean ne considérait pas que « progrès » fût synonyme de « bien ». C'était une évolution, un changement, la plupart du temps irréversible. Les bagnoles qui envahissaient la planète, c'était le progrès. La bombe atomique, c'était le progrès.

Jean, ce jour-là, n'avait pas osé demander à Xeni ce qu'il voulait dire au juste. Il avait de ces lâchetés. Il avait eu peur, il avait affecté de prendre cela pour un trait d'humour noir, très noir certes, mais enfin, et d'ailleurs Xeni avait aussitôt tourné l'affaire à la blague. Ce n'en était pas.

Ce X dans son nom comme deux coups de couteau, raturant tout, divisant tout. Cela avait été sa dernière façon, et la plus accomplie, de quitter la table et de tourner le dos, l'aboutissement logique de qui veut se débarrasser de tout et de tout le monde une fois pour toutes, se rendre à jamais intolérable, en somme : se condamner.

Et il y eut, ce matin-là, dans la pénombre de la chambre, au fond de l'appartement vieillot proche du métro Malesherbes, un homme occupé à la tâche universelle et dérisoire de se rendre compte de ce qui nous dépasse, nous surplombe de toutes parts, des océans, des himalayas dans la nuit. « Hitler a repoussé les limites du mal plus loin que la timide humanité n'avait jamais osé le faire. Avant lui, on trouvait *mal* des choses qui à présent font sourire, des péchés pour catéchumènes de sept ans. Des vols de confiture. Autrefois, il y avait des choses interdites qui étaient bien. Coucher avec une femme mariée, lire Baudelaire, sécher les cours de maths pour aller au bistrot, être lesbienne, que sais-je ? Blaguer les choses saintes, être pour la République, dire des gros mots. Ces actions ou pensées interdites pouvaient être reliées à un Bien d'une autre sorte, à un Bien supérieur, nouveau. Cela passait pour mal, mais celui qui s'y aventurait, bravant la convenance et l'opinion, empruntait la route héroïque où avaient marché Galilée, Diderot, Jésus lui-même. Que fera désormais celui — prévisible, inévitable — qui voudra transgresser les limites ? »

Xeni avait un jour découpé une photo dans un

magazine. Cela se passait en Égypte. On voyait, de dos, un gros bonhomme avec un gros cul, short et petit chapeau tyrolien, chemise américaine, appareil photo en bandoulière. Et à trois pas de lui, un vieil homme maigre, cramponné à son fusil, barbe et gandoura, sandales de Baptiste au désert. L'article évoquait l'Islam conquérant, les attentats contre des touristes, les projets de destruction des pyramides. Et Xeni commentait : « Que veux-tu, entre ce gros con des pays riches et le vieux musulman, mon choix est fait. » La maigreur, la foi, le fusil, contre la graisse du gros Toutou. Jean ne le suivait pas jusqu'à cette conclusion, mais il comprenait. Nous redoutons le mal, mais rien ne nous interdit d'être comme ce gros con. Cela est autorisé, puisque ce n'est pas *mal*. Il se disait aussi que si nous n'avons à choisir qu'entre ces deux incarnations-là, nous sommes mal partis.

Jean se souvenait également d'avoir lu, communiqué par Xeni, le reportage sur les jeunes néo-nazis d'Allemagne qui avait provoqué sa colère : « On en a fait des monstres », etc. L'article était d'ailleurs plus mesuré que Xeni ne l'annonçait. L'enquête avait eu lieu dans une ville de l'ex-RDA qui s'appelait Hoyerswerda. Une ville minière où naturellement, plus un seul puits de mine ne fonctionnait. Il subsistait ce qu'on appelle « un taux de chômage record », des cités d'immeubles-casernes parmi des hectares de boue, des avenues mal éclairées qu'on n'entretenait plus, des ordures que plus personne n'enlevait. Dans ce néant légué par un demi-siècle de socialisme réel, et au sein duquel les bienfaits miraculeux de l'économie de marché, c'est le moins qu'on pût dire, se faisaient toujours attendre, avaient surgi les crânes rasés, les svastikas, tout l'attirail, la haine proclamée de tout. Jean avait oublié les témoignages, les détails. Il y avait un de ces types qui parlait de son fils. Peu importaient au fond les prétextes, les points précis sur lesquels s'appuyait le discours. La seule et tragique évidence était que ces pauvres diables avaient cherché autour d'eux, dans le peu qu'ils savaient du monde et de l'histoire, quelque chose qui pût ressembler à une promesse, ou moins encore peut-être, à un regret, quelque chose enfin que l'on pût opposer au réel : et qu'ils n'avaient rien trouvé d'autre que Hitler. C'était peut-être atroce, mais c'était d'une logique imparable et valait surtout la pitié. Xeni avait raison. Pour eux.

Mais pour lui ?...

*

Et nous te reprendrons, ville aux dômes d'azur,

Molle Setiniah, qu'en leur langage impur
Les barbares nomment Athènes...

Entre décembre 1826 et mai 1827, l'acropole d'Athènes, assiégée par les troupes ottomanes de Reschid Pacha, est défendue par quelques centaines de combattants, à la tête desquels se trouve le colonel Fabvier.

Personne depuis des années, hormis peut-être la police, ne savait plus rien de cet homme sorti du monde par une porte de lui seul connue. Et le voilà qui reparaît sur ce rocher vénérable et pâle, vers quoi se tournent les regards de l'Europe. Cela fait sept ans, huit ans déjà que la Grèce a entrepris de secouer le joug turc.

Il y a dans ces années 1827-1828 un moment de grâce, où la cause indiscutable de l'indépendance grecque parvient à tout rassembler autour d'elle, à unir le monarchiste chrétien et le républicain athée — celui-ci parce que républicain et athée, celui-là parce que chrétien et monarchiste. Et sans doute n'est-ce pas par idéalisme que la Russie, l'Angleterre et la France se retrouvent aux côtés de ce peuple minuscule, de ce pays démembré par les mers, les montagnes et la diaspora. Elles y sont pourtant, et quelque chose d'élevé, de pur semble entraîner un court moment l'histoire de l'Europe, à la façon invisible du vent dans la toile des bateaux.

Au fond, Malars se sent un peu comme ce Mortier, dont les quolibets de Xeni et de Jérôme lui ont permis un soir de se faire une idée vague et probable : il préfère ce qui unit à ce qui divise. Position faible, assurément... Jamais Xeni ne s'est beaucoup intéressé à l'épopée de l'indépendance grecque. Jean assume, lui, cette candeur, si candeur il y a, d'admirer le mouvement philhellène, les épisodes légendaires de Missolonghi, de Navarin, de l'Acropole.

Et puis après tout, ce Mortier, son Grand Véhicule... Il était facile de rire. Les trois quarts des gens sont comme tout le monde; mais parfois il prend à certains la fantaisie, ou le besoin, de se construire différemment, dans l'affirmation ou le refus de quelque chose, et cela peut donner les résultats les plus inattendus. Oui, sans doute, Mortier prêtait à sourire, mais Xeni, qu'avait-il fait d'autre que développer une fantasmagorie de soi-même, une vision prophétique de soi-même, ou en tout cas, de le tenter ?

Et ils étaient nombreux ainsi. Jean se souvenait d'un soir, dans une de ces villes déshéritées d'aujourd'hui où sévit la guerre des langues, où l'on jette pêle-mêle aux habitants l'info et le truquage, la publicité et la propagande, et d'une barrière métallique qui séparait deux foules — moins que deux foules : deux affluences. D'un côté de cette barrière il y avait des gens qui s'étaient construits de cette façon, qui avaient accepté d'être construits, de représenter désormais quelque chose, de prophétiser. Qui se prenaient pour le petit nombre d'élus de toutes les apocalypses. Et de l'autre côté de la barrière, ceux qui les sifflaient, qui s'opposaient à leur rassemblement, à ce meeting dont ils ne voulaient pas chez eux. D'un côté l'indignation, de l'autre la bravade. Et tout ce monde se serait empoigné et battu s'il n'y avait pas eu les barrières de métal gris qui matérialisaient la République, mais pour combien de temps encore, combien de temps avant qu'elles ne soient renversées, piétinées, balancées à la décharge, sans regret, tellement la folie et la fureur sont désirables ?

Et ces images d'une nuit tombée, dans une ville quelconque de ce pays, se superposaient dans son esprit au jeudi 31 mars 1814, à Fabvier silencieux dans le cortège des vainqueurs, et à ce marquis de Malars qui a cru bon d'accrocher la Légion d'honneur à la queue de son cheval.

Jusqu'à quand pouvait-on en appeler à la raison des hommes ?

De terribles lumières traversaient le monde. La lumière d'Hoyerswerda... Jean avait parfois peur ; il imaginait ou prévoyait une situation qui pourrait advenir, où il serait trop tard pour expliquer quoi que ce soit, où celui qui tenterait encore de prendre le temps de l'intelligence passerait pour retardataire, irresponsable, aveugle à l'urgence : celui qui lève la main et réclame « un instant, je vous prie, un instant... » dans la foule qui déjà s'est mise à courir.

C'est pourquoi il persistait à le croire, même s'il était facile de cogner ou d'ironiser : ce qui unit vaut mieux que ce qui divise.

*

C'est un samedi de février 1997. Gina travaille, chez elle. Elle se consacre à un ouvrage sur les portraits, toutes sortes de portraits, photographiques ou peints, de différentes époques, représentant des inconnus ou des célébrités, œuvres d'artistes illustres ou obscurs.

Elle a disposé quelques dizaines de reproductions autour d'elle, sur la table, puis sur le sol, la table n'étant plus assez grande. Et son ventre proéminent la gêne pour se pencher ou s'accroupir. Elle a donc peur de mal les regarder. Rien n'est difficile comme de regarder un tableau, il faudrait des mois. On passe toujours trop vite, à côté de tout...

Dans tout portrait, il y a un regard : et c'est le

regard de la tortue qui a, par l'effet d'une chance inconcevable, émergé où se trouvait l'anneau. Il existait jadis des baraques de foire où l'on passait la tête non pas dans un anneau, mais dans un trou, en sorte que sur la photo on se retrouvait aviateur, ou lieutenant de hussards, ou encore — mais ce n'était plus sur le foirail, et cela coûtait plus cher — personnage de quelque tableau obscène, à deux ou à plusieurs. De façon analogue, un portrait est fait d'un regard qui passe à travers un visage, un costume, une allure générale, les signes d'une époque; qui les emprunte; ou qui en est l'otage. Le regard se retrouve être celui d'un paysan du XIXe siècle, ahuri par l'objectif; d'un marié de 1890, tout emprunté avec ses favoris, ses épaules étroites, son cou trop long; d'une petite princesse d'Espagne avec un nain assis près d'elle, et qui ne sait pas qu'elle a vraiment le faciès des Habsbourg... Tout le pathétique de la tortue est dans ce regard prisonnier d'un visage, d'un temps, de mœurs, d'un état social. « Voyez-moi, semble dire celui-ci, ce menton qui part vers l'avant, la nuque depuis toujours ployée sous la crainte, les yeux de mouton apeuré, attendant le couteau du boucher; et cette barbe qui tente maladroitement de donner à l'ensemble un air de virilité ferme et solide... Dire que c'est moi... Je ne voulais pas être celui-là... Je ne voulais pas être le tsar Nicolas II... » Voilà ce que semble muettement proférer le regard.

Il va de soi qu'à travers cette rêverie sur l'être et son incarnation, Gina songe à son enfant. Antoine lui dit qu'elle ramène tout à ça depuis qu'elle est enceinte, qu'elle casse les pieds à tout le monde. Dans le cas présent, comment ne pas y penser ? L'image de la tortue remontant du fond des eaux, passant la tête dans l'anneau, à l'air libre, raconte très précisément une naissance.

Tous les portraits n'ont pas cette dimension pathétique ou tragique. Tout dépend de la visée du peintre ou du photographe. Il peut se donner pour mission de représenter un individu que l'on connaît, et qu'il glorifie : voici Sarah Bernhardt, blanche et brune à damner les anges, les épaules et la gorge nues dans un lourd drapé, qui donne à penser qu'elle est nue tout entière, seulement couverte de cette étoffe. Voici, la tête ronde et la bouche en cul de poule, foulard rouge et polo bleu, Oscar Mietschaninoff gaiement peint par Modigliani. Celui-là nous suggère une vérité consolante : qu'il n'est pas nécessaire d'être très beau pour être heureux de vivre.

D'autres portraits, exécutés dans une intention différente, celle de renseigner ou d'étudier, laissent une impression pénible : ils enferment l'individu dans la catégorie. Le XIXe siècle en est prodigue : *Prolétaire de la Haute-Auvergne*; *Paysanne brennoise avec son enfant débile*; *Type d'indigène annamite*; *Aliéné de l'hôpital Esquirol.*

Mais le comble du pathétique est atteint avec les vieux albums de famille, où l'on trouve le portrait de gens que plus personne ne connaît, dont plus personne ne sait rien. Ils eurent un nom, ils furent aimés ou haïs personnellement, ils eurent des joies et des malheurs. Mais ils ne sont plus que des morts, habitants indistincts des tombes abandonnées. Il est épouvantable de penser que ceux que nous aimons seront cela, un jour quelconque de l'avenir, ou que nous serons nous-mêmes cela. (Ce qui est consolant est que les tirages modernes, qui verdissent ou pâlissent en quelques mois, seront devenus illisibles et par conséquent jetés.)

Il est une autre voie par laquelle le portrait s'éloigne de la stricte représentation d'une personne donnée, de la représentation « pour avoir son portrait ». Un Modigliani saisit la ressemblance; mais celle-ci, mystérieusement, n'est pas le but. De cette Jeanne Hébuterne, de cette Thora Klinckowström il fait autre chose qu'elles-mêmes. Ni symboles, ni types, ni masques : il en fait des personnages de Modigliani, de l'humanité de Modigliani. On trouve quelque chose de comparable dans la peinture réaliste d'un Manet : George Moore nonchalamment assis au café devant son verre vide, Nana, grasse et fraîche dans son corset bleu, Clemenceau à la tribune, courtaud avec ses bras croisés et sa grosse tête, deviennent des formes de la vie. Ils sont Clemenceau, Nana ou Moore comme un pommier est un pommier, comme un fiacre est un fiacre, comme une salle de bistrot est une salle de bistrot. Ils sont les personnages d'un monde.

Dans la mutation du portrait ou du type en personnage, c'est-à-dire en élément d'un monde, il y a un apaisement, une réconciliation, un bonheur. Il y a de l'inhumanité dans l'image d'un *aliéné de l'hôpital Esquirol.* Il y a du tragique dans le portrait de la petite infante.

Gina s'est longuement arrêtée sur un daguerréotype des années 1840, dont l'original se trouve dans un musée du Sud-Ouest. Il représente un homme d'une trentaine d'années, les cheveux bruns, le regard vif et grave tourné vers l'extérieur du cadre. La seule chose que l'on sait de cet homme est qu'il exerçait le métier de précepteur et s'appelait M. Chomeau. Pour elle, l'intérêt du document est dans son mauvais état. Les contrastes s'amenuisent; les contours du personnage se noient dans la pénombre du fond;

il ne reste guère que les yeux qui luisent, empreints de vigueur et d'esprit; pour combien de temps encore avant que tout ne s'efface ?

*

Que s'est-il passé ? Peut-être rien — des mots, des mots seulement — et puis rien. À mesure qu'ils essaient de rassembler des images, des paroles, des faits précis, on dirait que le personnage pourtant si apparent, si durement dessiné, se dissocie, se défait comme les nuages, ne livre plus rien qu'un visage et qu'un regard à quoi finalement tout se résumerait...

Manuel marche sur le boulevard des Capucines, un jour de mars, un jour comme un autre; la pluie est tombée le matin, c'est fini. Voyons, est-ce que c'est si insupportable ? Cette ville, ces gens, ce style de l'existence en Europe, à Paris, à la fin du XXe siècle ? Il conserve, lui, la ressource d'être touché par le vert timide des feuilles d'arbre, aux premiers beaux jours; amusé par la fille, devant lui, une jeunette, qui a mis une jupe courte et semble maintenant la trouver trop courte, et elle tire dessus, un peu gênée, chaque fois qu'un type en passant jette un coup d'œil à ses jambes, elle se dit qu'elle en a fait trop. Et tout ça n'a pas grande valeur, mais est-ce que ce ne sont pas des dizaines de détails de ce genre, ou plus modestes encore, le plaisir d'un verre d'eau ou de vin, l'agrément d'aller se coucher quand on en a marre, qui font, jour après jour, qu'on trouve la vie très supportable ?

Bon, le boucan des bagnoles, le radotage des journaux au long des jours, et puis les gens, tous à trimbaler leur gueule et leurs agitations sur les trottoirs... Il est bien vrai aussi qu'on peut se lasser de tout, vraiment de tout, de tout ce qui se répète indéfiniment comme le café du matin, la clope qu'on allume en sortant du métro, et le nouveau film qu'on se dit qu'on devrait aller voir, et qu'on n'aura pas le temps encore cette fois d'aller voir. Oui, on peut considérer que tout s'use et perd son miracle, que même les femmes sont monotones, à force, et d'ailleurs pas toutes belles, et les hommes non plus ; la majorité des gens, hommes ou femmes, ne suggère pas le désir ou l'amour, et puis qu'est-ce que c'est, tout ce cirque qu'on fait avec l'amour, c'est bien toujours pareil aussi... Oui, les gens sont vraiment comme tout le monde, ils seront indéfiniment comme tout le monde, des trains crasseux les avaleront éternellement le soir à Saint-Lazare, les embarqueront à la tonne, les lâcheront par flopées sur les quais de banlieue. On a le droit de penser que tout est banal et vaguement fétide, pour peu qu'on s'en approche.

Le passé même, le passé le plus cher, on peut aussi choisir de n'y voir, après tout, que l'éboulis perpétuel de détails adventices, indifférents. Et même ce passé-là auquel songe Manuel. Que s'est-il passé, Xeni ? Entre nous, pendant des années ? Qui étions-nous vraiment, que faisions-nous vraiment ? On ne voit rien, la vie passe sous nos yeux et nous ne la voyons pas s'en aller... Qu'en reste-t-il, rangé à quel endroit ? Qu'est-il advenu de ta rogne, un soir, dans un restau où la musique était trop forte, et pas moyen d'obtenir qu'on baissât au moins le son ? Qu'est devenue cette fille blonde et très grande, plutôt sexy, amusante, à qui t'unissait une complicité canaille, une drague devenue rituelle et qui n'a jamais abouti ?

Que restera-t-il de tout cela dans les cœurs méditatifs, dans les esprits lents et honnêtes, dans les ventres des femmes que tu as baisées, et dans les cervelles de poules ?

Dans les répertoires téléphoniques qu'on n'a pas mis à jour ? Dans la mémoire de ton voisin du dessous qui avait autrefois écrit des chansons pour Julien Clerc ? Dans les armoires métalliques où les vieux dossiers se couvrent de poussière grasse ? Chez le Marocain où tu allais manger des tajines ? Dans cette symphonie que composent les grésillements des téléphones, les sifflements des fax, les mélodies des répondeurs, les fenêtres ouvertes sur le grondement de la rue aux aigrettes de klaxons ?

Où sont les livres dans lesquels tu as souligné des phrases ? Les photos que des inconnus ont prises, à Nantes ou à Lahore ? Qui habite à présent l'appartement de Nantes, les deux pièces au quatrième, dominant une place ronde et tranquille où se réunissaient les hiboux ? Que reste-t-il de ce que diable on a bien pu raconter, un soir de 1985, ou de 1988, de ce qui nous paraissait digne d'être dit, les élections législatives, une vague histoire de boulot ou de fesses, toutes ces choses déjà balayées, nées pour l'oubli, ces affaires qui remplissent les tiroirs, qui ne serviront plus jamais à rien et qu'on n'ose pourtant pas jeter ? La vie est un songe. La vie est un songe.

Les uns te raconteront avec une compassion discrète, l'espèce de magnanimité que l'on réserve d'ordinaire aux défunts ; d'autres, avec l'injustice, la négligence ou la hargne que l'on juge convenable de témoigner aux vivants. D'autres encore ne sauront pas, ne sauront plus ; il ne faut pas parier qu'on se souviendra de nous ; tout au plus penseront-ils quelquefois (sans même savoir pourquoi ton image leur traverse l'esprit) qu'en un endroit précis par-delà ces façades, ces rues, ces vitrines, ces jardins, la circulation incessante, quelque part dans une de ces centaines de rues où l'on n'a jamais mis les pieds, et qui sont pareilles en cela aux rues des romans, dans un étage en bas, au milieu, en haut de ces entassements d'étages, sous un de ces milliers de toits, en un point quelconque de ce vaste étalage gris et blanc d'où émergent des coupoles dorées, des tours gothiques, des buildings de verre, dans une brume sale jusqu'à la ligne d'horizon — plus ou moins modifié, raturé, mais pour l'essentiel, le même —, tu existes toujours.

*

Voyons, récapitulons. Récit : relation conjecturale de faits que l'on juge intéressants ou significatifs...

Achevé d'imprimer en juin 1997
sur presse Cameron,
par **Bussière Camedan Imprimeries**
à Saint-Amand-Montrond (Cher)
pour le compte de la librairie Arthème Fayard
75, rue des Saints-Pères – 75006 Paris

35-33-0143-01/4

Dépôt légal : août 1997.
N° d'Édition : 3165. N° d'Impression · 1/1650.

Imprimé en France

ISBN 2-213-59943-2